横浜の街角から

昼行灯のあかり

永井誠一
Seiichi Nagai

文芸社

昼行灯のあかり　横浜の街角から　目次

写真そして
——撮影旅行

ゆきずりの人

浦和市役所前の木蓮の花がＮＨＫのテレビに映し出された。私と妻は四月の初めの休診日、その花を訪れた。小雨の降る日であった。三脚を立て、カメラにビニールのレインコートを着せて、ファインダーを覗いていると、私より少し歳上と思われる老人が話しかけてきた。中々カメラについて詳しい。私は初め少々うるさいと思ったが、次第に耳を傾けていた。

その老人が「私の職業は何と思いますか？」と言った。さて――私は「写真やさんですか？」と聞いた。「質屋です」とその老人はニコニコしていた。なるほど詳しくなければ商売にならない。その老人、小一時間程話して去って行った。「お互い元気でね」と声を掛け合った。妻も頭を下げて見送った。

ほんのひと時の交わりでも、その人の笑顔が私の脳裏に写し込まれてしまった――元気でやっているだろうか。

昭和六十一年四月

仏の居る所

写真は用心して撮らなければならない。びくびくして撮らなければならない。鎌倉の寺々では撮影していてよく叱られた。人のものを撮るのだから撮られる方の主張もあろうが、私にとって鎌倉の印象は甚だ悪い。

仏に魅力があって鎌倉に行ったのだ。仏を慕う心が私の好きな写真撮影という行動をおこさせたのだ。

四月五日、桜の満開の中を鯉幟を求めて出かけた。少し早いと思った。しかし私は鯉幟を写したかった。京急、相鉄、小田急、御殿場線と電車を乗り継いで、やっと山北で絵になる鯉幟を見つけた。「この鯉幟お宅のですか? 写させてください」「ああいいですよ」人のよさそうな三十前後の若者が、にこやかに許してくれた。何のためにと聞く様子もなかった。おそらく彼の子供の初節句の鯉幟だろう。爽やかな春の風を孕んで泳いでいる。小一時間ゆっくり撮影ができた。若い男の笑顔の中にこそ、仏の心があると思われた。

昭和六十二年五月

屋根と女

映画『静かなる決闘』――。手術時指から感染して、ワッセルマン陽性となった青年医師が恋人に同じ災いを背負わせたくないため別れる決意をした。その決意をときほどくこともできず恋人は去って行く。雨の日であった。画面は高い所から写している。手前に屋根が見え、その向こうにその女性が出て来た。さっと蛇の目傘が開く。ボーッと汽笛が鳴った。私の胸はじんとし、涙があふれてきた。

その頃私は青春に旅立ったばかりの頃であった。純粋な心が残っていたようだ。そして夢も沢山持っていた。その夢も一つ消え、二つ三つ……と消えていった。残ったのは思い出ばかりのこの頃である。

いつか屋根と女性を写してみたかった。ある年のある日、京都南禅寺の山門の上で私はカメラを構えていた。やっと一人の女性が通った。しかし、蛇の目ではなかった。それでも青春の思い出をとどめておきたかった。

昭和六十二年六月

壺坂霊験記

〽妻は夫をいたわりつ夫は妻を慕いつつ……と聞けば、お里・沢市を物語る浪花節と、ぴんとくるのは下賎な者の常識であろうか。左様、壺坂霊験記である。

いつか壺坂寺を訪れたいと思っていた。お里が二十一日の願をかけたという寺。沢市が落ちて、目が見えだした断崖はどんな所であろうと思っていた。その寺は奈良盆地が南に果てる辺りの山の中腹にあった。暑い日であったが木立の中を渡る風は涼しかった。

「月こよい　見ゆるなき目を　見開けば　大観音の立ちし御姿」

寺の近くには身寄りのない老盲人達を世話する慈母園があり、そこの入園者の作品である。全く目の見えない人の心情はどんなものか、見える者には完全には理解できない事である。しかし、話を聞けば心が動く。人の心の光明は細やかなりとも点じておきたいものである。

写真は壺坂寺の上の方にある天竺渡来大観音石像である。

蛇足。沢市さんの眼の見えなかったのは、白内障のためであった。白内障は、目の水晶体（レンズ）が白く濁る病気であるが、白内障が次第に成熟して、だんだん目が見えなくなるころ、水晶体を吊しているチン氏帯という糸が切れやすくなる。断崖から落ちた時、頭を打ち、その衝撃でその糸が切れ、白い邪魔ものの水晶体がはずれ、見通しがよくなって見えるようになったのである。これは、我々医学生の頃、眼科の教授が語ってくれた講談師的な話である。

昭和六十二年九月

山の花

ぽつりぽつりと人が通る。標高千六百米《メートル》の山道である。旭岳の七合目辺りを巻くようにして歩く。かなりアップダウンがあり、喘ぎながら通る者もいる。動く者が通り過ぎた後は、動かない生物が柔らかい風に微かに揺れている。リンドウである。

リンドウと言えば誰一人として知らない者はない花、誰もがいつでも頭に浮かんでくる色。しかし、花によりいくらか色は異なり、人それぞれの色を思い起こすだろう。白黒の写真に各々の色を塗っていただきたい。

夏から秋にかけて静かに咲く花。周りのナナカマドは真っ赤に染まる。穏やかな季節は短くて、九月には初雪が降る。寒い。花弁は落ち、やがて幾重にも幾重にも雪に塗り込まれ、すっぽりと姿を消してしまう。自然の摂理を静かに受け止める花々。

人間もあくまでも自然の中にある生物、静かに摂理に順応しなければならない。

昭和六十二年十月

曾我の梅

今年も曾我の里に梅が咲きはじめた。しかし、鶯はまだ早いようである。今日は風が少ない。快い日差しを浴びながらシャッターを切る。静かである。何の煩わしさもない。平和である。

曾我兄弟の敵討ちがあってから八百年近く経ったのに未だに語り継がれている。敵討ちをしなければならなかった運命、そして若くして殺される運命となった兄弟を現代までの色々の人々が色々と受け止めてきたであろう。私の中学校時代の友人の中に戦闘機に乗って撃墜された者、将校斥候に出て狙撃された者、戦犯となり死刑になった者がいた。生物には同時代に生まれた者達の運命の分かれ目がどこかにある。

ふと後を振り向くと、自転車にバッグと三脚を縛り付けた見知らぬ小父さんが私の撮影を眺めていた。

「やあ、お宅も梅ですか?」「いやあ、今は鳥を狙っているんです」

そう言えば先程舌足らずの鶯の声がしたようであった。

昭和六十三年三月

感動

微かな風が吹く。雪解け時ではあるが、あまり厳しい冷たさはない。春はもうすぐそこまで来ているのであろう。雪を残した山々に囲まれ、青々と、水を湛えた湖を見た時、私はその神秘さに感動した。

湖畔に立った私の頭は、色々の空想を始める。もし湖畔に家もなく、誰一人の姿もないとしたら私は感動しただろうか。感動の前に恐怖があったにちがいない。もしこの地球の上にすべての人が姿を消して私一人になったとしたら、おそらく発狂してしまうだろう。

私には家がある。家族がある。そして友人がいる。いつもそれ等の人達が私を支えてくれて、私の心はその中に浮いているようなものだ。そして余裕が生まれ、感動する心が生まれる。

湖畔には少しの家があるのがよい。たまに出会う人がいるとよい。微かに風が私の頬をそっと撫でて行った。乙女の吐息のように。

昭和六十三年四月

陶酔

出雲大社の拝殿である。大太鼓が鳴り、小太鼓が鳴り、笛が入ってしばらく賑やかな音が続いた。やがて拝殿の奥の神主が祝詞らしきものを上げだした。すると、撥を置き、笛を置いた者共は写真のごとく平伏してしまった。それが延々と続く。私はシャッターを切り、しばらくその姿を見ていた。はて、これは陶酔状態ではあるまいかと私は思った。

神に最高に遜《へりくだ》り、総てを神に委ねる心になれば陶酔の状態に入れるのであろう。私は宗教を知らない。お祭りは神社で、葬儀は仏教でという平均的な日本人である。誰からも宗教的な教育を受けることもなく社会に出た。苦しいことも多かったが、総てを自分で切り抜けてきた。その疲れは老躯に重く溜まっている。

私も神に陶酔する時間が欲しいとふと思った。しかしもう遅い。神の懐の中に完全に入るための修行をする時間も体力ももうない。

昭和六十三年五月

凍結

昔から私にとって網走は気になる地であった。もちろんすごく苛酷な監獄というイメージからである。

晩年になってやっと北海道を訪れるチャンスがきた。北海道は本当に広々とした大地である。車は爽快に走る。そのタクシーの運転手が説明をする。「この道も明治時代、網走の囚人達がつけた道ですよ。今でもこの辺を掘ると人骨が出てくるそうです。囚人はいくら死んでもよかったんですよ。思想犯を次々と送り込んできたそうです。思想犯といっても、ただ政府、つまり当時の権力者と意見が違う程度の者です。いくら寒かろうが病気をしようが、死ぬまで働かせたんです。まるで死刑ですね。死んだ者はそこらあたりに適当に埋めたんですね」

私は外の風景を見ながら話を聞いていた。八月の中旬というのにもう雲は秋を思わせる。やがてオホーツクの空から冷たい風が雪を吹きつけてくるだろう。白く白く幾重にも権力者を閉ざすがよい。凍結するまで。

昭和六十三年十月

鴫立庵

今月は観光案内をしよう。俳句や短歌を詠まれる方は御存知だろうが、ここは西行法師に縁があり、「こころなき身にもあわれは知られけり鴫立沢の秋の夕暮」の歌が残っている。

この庵が創立されたのは今を去る三百余年前となっている。寛文四年(一六六四年)から一世の方。現在二十一世の方が在庵ということだ。句会、歌会、茶会などに利用されている。この庵、大磯駅を出て右に少し歩いた所にある。

こういう所に来ると何か心安まる思いがする。それは何から来るのか。文学が人間性を追求するからであろうか。

しかし、写真を写している時、、ふと、私の頭の中をよぎるものがあった。昔、死刑囚が立派な歌を詠まれたのを新聞で見たことがあった。だが、童話作家が金のために人を殺したのはどういうことか。人間には美しい情緒を表現する心と残虐な心が同居しているのであろうか。文学は麻薬のようなものであり、人間にとって無用のものなのであろうか。

平成元年八月

温かい血

前号、鴫立庵の帰り際、気をひかれて写したものである。私はこのような竹で造られた扉や塀に弱い。

私の空想が頭の中に充満してくる……広い庭がある。手入れが行き届いている。扉も塀も竹で造られている。私は朝、目覚めるとゆっくり散策する。新鮮な空気を吸う。経済的な心配はない。スケジュールを気にすることもない。全く健康である。従って死の恐れもない。私はもちろん、私の知っているすべての人々は今日も明るく暢びやかに一日を過ごすことだろう。誰も死ぬ心配はない。少なくとも私の目の黒い間は、誰も死なないでくれ。

庭に点在する樹々から小鳥の声が聞かれる。あれは目白だよ。あれは頬白だよ。あれは雀だよ。喧嘩するんじゃないよ。私が生きている間だけでも、お前達の温かい血が体の中を静かに流れていることを祈っているよ。

平成元年九月

シクラメンの花

シクラメンの花を写すよう、ある俳句雑誌社からの要請があって、さて写そうと思い、ファインダーを覗くと何だか変だ。よく見ると花はみな下を向いているではないか。日頃漠然と見ていて、花のことはまるで分かっていない。「花の知識のない者が花を撮っても駄目だよ」と以前息子に言われたことを思い出して苦笑した。

私は花は好きであるが世話をするのは嫌いである。私の母は好きであった。その孫の息子が好きで、また何年か先、その息子の孫が生まれて成長したら好きな子になるかもしれない。

私は花を床の上に置いたまま寝転んでシャッターを切った。花の中央に窪みがある。恥じらいながら接吻を待つ乙女の口のようである。いや、涙が零れ出しそうな瞳のようでもある。私の空想はどこまでも広がる。

平成二年二月

月の砂漠

もう五十年程も前のこと。台所から母のか細い歌声が聞こえてきた。よく聞くと月の砂漠の歌であった。

明治生まれの気難しい夫と、出来の悪い子供に囲まれて、あまり幸せでない日々を送っていたであろうと思われる母にも、時には心の明るい時もあっただろう。

母はただ何気なく歌っていたのだろうか。それとも頭の中に色々の情景を浮かべながらであっただろうか。美しい金銀の鞍、王子様、お姫様、これ等から楽しいイメージが湧き、それに浸っているように思えた。しかし「おおい！」という父の声に、母の歌声は止まった。たちまち現実に戻されてしまったようだ。

このようなことを思い出し、考えながらシャッターを切る。ここは浜松のすぐ近くの浜、中田島砂丘である。前日踏み荒らされた砂の原は夜通し吹いた風で風紋が出来ている。きれいな砂の面に私も美しい光景を空想していた。

平成二年六月

医者の旅行

ある県でのある医師の話。「あんた達は我々の支払った治療費で旅行をしている。けしからん」と患者に叱られたとか。我が患者団ではこのようなことはないと思うが、しかし、やはり少しは遠慮がある。特に写真撮影の時が問題である。背広等普通の服装ではない。ちょっと目立つ服装になる。

某月某日、撮影旅行に出発。バスで行き、ＪＲ線に乗り換える予定で家を出た。ところが全く幸運にもタクシーが来た。そっと乗って発車。しめたと思いながら鶴見駅に着いた。

患者さんには私を好いてくれる人がいて、鶴見中央、下末吉あたりから来る方もあるが、鶴見駅まで来ればめったに知っている人に会うことはあるまいと思い、仕事を離れての旅行とあって、ルンルン気分で改札口を入った。ところが次の瞬間「あっ！先生！」とこれはまためったに会わない人に声をかけられてしまった。

「世の中うまくゆかないものですなあ」

平成三年三月

工電機病院
による教育
学園
鶴見女子
中学校
高等学校
2

米

第二次世界大戦中の食糧難を体験した者は最早少なくなったのではあるまいか。当時、プラットホームで電車を待つ間、しゃがんでいる人が多かった。私も国鉄のホームから乗り換え用の階段が昇れず、しばらく階段の下で蹲って休息した思い出がある。その日の下宿での夕食も小さい薩摩芋二つであった。

写真は酒田市の山居倉庫の裏の散歩道である。この倉庫には米俵十万俵が収納できるという。倉庫を見て私は過去の飢えを思い出し、そして色々の思いが続く。

これから先、好まずして日本が戦争をせざるを得なくなった時、米の状況はどうなるだろうか。農地解放で沃土をもらった者で、その土地を埋め立てて宅地とし、莫大な利益を得た人が大勢いる。日本の農地は減少しているはずである。その上、米の貿易の自由化が実現したら、いざという時どうなるだろうか。

私の干涸びたような小さい脳味噌ですら色々と考える。しかし、豊かな脳をお持ちの方に「そんな心配いらないよ」と言われそうである。

平成三年十月

雪の降る町

写真の像は鶴岡駅前にある。特急が停まると音楽が流れ、像がゆっくり回転する。私が昨年、その駅に降り立った時は小雪が舞っていた。そして、〽雪の降る町を、雪の降る町を、思い出だけが通り過ぎて行く……という歌のメロディーが流れていた。私はこの町で一年余を送ったことがある。第二次大戦の敗戦の前の年からであった。十一月に入ると冷たい雨が降り出し、それが次第に雪に変わっていった。本当によく降った。吹雪の日もあった。もし、日本人を見守る神があるとすれば、我々の行動を怒り、嘆き悲しんでいるように思われた。

春が来た。そして、大勢の英霊が白い箱に納まって帰って来た。

夏が来た。暑い夏であった。ある校庭の暑い日差しの中で敗戦の玉音を聞き涙を流した。

私は四十五年前を思い出しながら、雪の中に手を出し、掌に舞い落ちる雪を掬った。そして雪の降る町を思い出だけが通り過ぎて行った。

平成三年十一月

栄枯盛衰

北海道釧路市の東、厚岸《あっけし》に愛冠岬《あいかっぷ》がある。今年の正月そこを訪れ、岬の断崖に立って下を見下ろすと、小さな集落があった。

この辺りの冬の温度はマイナス二桁になる日が少なくない。雪こそ少ないが、半年は冬という正《まさ》しく最果ての地である。

最果てのイメージからして、貧しさを連想させられるが、写真をよく見ると、立ち並ぶ家々のなんと小綺麗なことか。聞くところによると昆布漁が盛んとか、働けばそれだけの実入りがあるのであろう。

私の田舎も最果ての地である。内陸部で農業の里であったが、昔、小作人は働いてもあまり豊かにはならなかった。しかし、今や帰省してみると皆立派な家に住んでいる。

日本の国全体が豊かになった。だがこれで安心ばかりしていてよいのであろうか。栄枯盛衰は世の常という心配は私の取り越し苦労であろうか。

平成四年三月

天皇陛下

「天皇陛下のお泊まりになったお部屋をとっておきました」「ええっ！　私、偉くないのですが」「いやいや、天皇陛下がお泊まりになったといっても、そんな立派な部屋ではありません。ただ私方で一番よい部屋というだけです」えびの高原ホテルに着いた時、フロントで交わした会話である。

係員に案内されて部屋に入り、ぐるっと見回した。なるほど、ゆったりはしているが、特別にデラックスではない。ツインのベッド、応接セット、ちょっと洒落た日本間風の場がある。掛けてある絵は、重要文化財クラスの大観と御舟である。下賎の身の私はすぐそれ等の値踏みをする。そして、お恥ずかしいことに、何とか持って行く方法はないものかという思いがちらっと頭をかすめた。

戦後無縁となったと思っていた天皇という、私にとっては偉すぎる御方の御名に、思いがけずぶつかり、どぎまぎした一夜であった。

平成四年八月

車窓にて

ＪＲの駅に「はげ」という名があった。禿は差別用語であろうか。何かユーモラスな感じがある。しかし、反面、私は禿げている人に却って豊かさを感じ、重みを感じる。

今は患者さんを番号で呼ぶが、昔、名前で呼んでいた頃、「奥さん」と呼ぶと、中年の男性が入って来た。みんながその男の人を訝り、その男性はにこにこしていた。これは差別用語でないからよいが、困ったのは「陳波《ちんば》」という名であった。「陳波さん」と呼ぶ、呼ばれた人は待合室の椅子から立ち上がる。ほかの人々は一斉にその人を見た。足がお悪いわけではなく、その人は入って来た。声に出せば差別用語になってしまう。この人の先祖はそのことに気が付かないで名乗ってしまったのであろうか。

そんな昔のことを思い浮かべながら、車窓からの風景を見ている。列車は日本最後の清流、四万十川の上流に沿ったり渡ったり、蛇行する川を縫うように走って行く。楽しい旅行はまだこれからという日のことであった。

平成五年十月

とおかわ
十川
TŌKAWA
(高知県幡多郡十和村)
とさしょうわ
TOSASHOWA
はげ
HAGE

百六十円

連休に箱根仙石原へ撮影に行った。雲が出て来て、光線の具合が悪くなったので、午前三時前には小田原行のバスに乗った。宮の下まで来た時、ここから渋滞するので、急ぐ人は登山電車に乗り換えて下さいと運転手さんが言う。私もそれに従って電車に乗ったが、なんと、ぎゅうぎゅう詰めで動きがとれない。体が傾いたまま電車はゆっくりゆっくり進む。つり革に摑まった手が千切れそうであった。

くたくたになって小田原に着いた私は、横浜まで座って行きたいと思った。「新横浜まで、こだまの指定特急券を下さい」と言うと、駅員さんが「新横浜まで二十分だよ。指定にすると高くつくよ」と切符を売ってくれない。リュックを背負って、よれよれの登山帽姿の私には余程お金がないと見えるのかと思い、「では自由特急でいいです」と言ったとたんに特急券と乗車券と二枚、私の前に放り出された。私は特急券と言ったが、どこまでの乗車券と言った覚えはない。面倒だし、細かく言うと叱られそうなので、それを受け取ったが、おかしいと思い、新子安で下車する時、駅員さんに聞いた。「ここまでと新横浜までは同じ料金です。でも新横浜と印刷されている以上、百六十円追加です」という答であった。

私はどこまでの乗車券を下さいと言った覚えはないのに。

平成六年六月

鹿耳東風

　七十四歳になって、はじめて姉弟で旅が出来た。姉は七十六歳の未亡人。私の病気は小康状態。梅雨の晴れ間のようなこのチャンスに厳島神社に行かないかと姉を誘った。日本三景の一つだというのに、まだ行ったことがなかったのである。山口県に居る姉の娘と私の妻と四人がスロースローの旅をした。

　鹿の餌を一袋買った。もみじ谷公園で、寂しそうにしている一頭に少し与えた。とても一回ではすまない。二回三回……、何回やってもきりがない。餌を遠くに投げ、大急ぎで袋をしまって、すましてみたが、鼻をひくひくさせて、もっとくれという。「もう無い」と言っても鹿耳東風である。私達が歩き出すと、その細い脚で軽やかについて来る。時々私の腰のあたりを鼻でつっつく。気持がわるいので、「わあ！　よせ」と言いながら走っても追い駆けてくる。しかし、ある所まで来ると、さっと行ってしまった。鹿にもテリトリーがあるらしい。かわいそうなことをした。もう少しやれば良かったと反省しているうちに、この写真の鹿の所まで来た。十メートル程行き過ぎて、此処で残りを全部やろうかと、袋に手をかけ、ガシャッと音をたてたとたん、さっと二頭が突進して来た。「わあ、助けてくれ」と言いながら残り全部を放り出し、一目散に逃げた。

全く、子供に帰って楽しいひとときであった。

平成八年八月

天然の美

錦帯橋まで来ると何か音楽らしい音が、かすかにしている。

「あなた、天然の美よ」と妻が言った。あ、そうだ。私の大好きな音楽だ。

「空にさえずる鳥の声…」と口の中で口ずさみながら、なんでまた、この古い歌が岩国で流れているのかと思った。橋を渡り、ロープウェーに乗って、岩国城に上がってみると、岩国出身の有名人の顔写真が並んでかゝげられている。

なるほど、天然の美の作曲者、田中穂積氏は岩国の出身であったのか。ロープウェーの上にある公園の時計台でも十五分おきぐらいに、そのメロディが流れていた。

岩国市は静かな町である。特に錦帯橋まで来ると、川あり山あり、水清く、山青く、勿論、鳥は歌う。その声も何ものにも邪魔されることなく、透き通った空気の中に広がってゆく。田中氏はこの山河を思い出しながら作曲したのだろう。

人を楽しくする歌を作るのは最高。それの出来ない私は、せめて気持良く人に接することにしよう。

平成八年九月

ハワイの空の下で

ハワイでは冬でも海水浴をしていた。

妻と娘は嬉々としてショッピングをしている。疲れるだけで面白くない私は歩道の隅で腰掛け、ぼんやり白人の脚ばかり見ていた。みんなショートパンツである。

「あなた日本人？」とへんな発音だがそう聞こえた。振り向くと頬髭豊かな年寄りで、東洋人的な顔があった。「やあ」と答えると、何かごちゃごちゃと言っている。その中で「私三世」という言葉が聞きとれた。その人自分の胸を指差して「セブンツウ」と言った。私は反射的に自分の胸を指差して「セブンシックス」と言った。するとその三世はへんな顔をした。自分が長生きしたことを自慢したかったのか。いや別のことだったかもしれない。

その三世、アメリカ兵として戦い、そのご褒美としてシカゴ大学を無料で卒業させてもらったと、たどたどしかったが鼻高々気に言った。

「あんた若い頃何をしていたか」と聞く、私はオキュリストと言った。又その三世へんな顔をした。発音が悪かったのか、アイドクターと言った方が良かったか。まさか眼科医という言葉は知るまい。

私はもう二度と会うこともないこの日本人的外人を最高に持ち上げることにした。「シカゴ大学、立派な大学だね」と言った。意味が通じたのか笑顔になった。

ハワイの空、今日は特に青かった。

平成十一年四月

他力本願

秋山庄太郎先生がなぜ有名になったか、私は知らない。

平成十一年三月二十日の土曜日の午後、冷たい雨の降る日、出無精の私は浅草公会堂に秋山先生のお話を聞きに行った。

「私は大した才能もなく、写真を写して来ましたが、、運が良かったですねえ。女優さんの写真を撮った時も、有名な男性を撮った時も、順調に仕事が来たし、すべてうまくいきました。ただですねえ、人に接する時は優しく向かいました。するとね、相手も必ず優しく反応してきました。」と秋山先生が言われた。

後日、この話を友人の僧侶と話をしている時、私は「運といえば、風景写真を一生懸命写している時、ふと思うことがあるんです。瞬間とても良い光線状態になって、はっとします。これは計算でできるものではありません。神様仏様が恵んで下さったのではないかと思う時が度々あります。」するとその僧侶、したり顔で言った。「それが他力ですよ！　努力して行動していると他力が来ます。怠けていて、他人をあてにすることが他力ではありません。他力は努力の中から生まれるものです」
秋山先生の背後には他力が輝いていたのかも知れない。

平成十一年五月

尊敬する年長者

トリオ・ロス・パンチョスのチケットをある方から頂いて、家内と二人で聴きに行った。司会者からのメンバーの紹介があり、古いメンバーの一人は一九一七生まれですと言った。隣に座っている妻が、「貴方より大分年長だわ」とささやいた。私は一九二二年生まれだから五歳上ということになる。ソロで歌う時、その美しい声に驚いた。

このオルガンをひいている方、「その人私と同じ歳だな」とおっしゃった。現、米国ダートマス大学客員教授、日本ペンクラブ名誉会員である。遊びに行くと、いつもこのようにオルガンをひいて下さる。賛美歌である。楽譜を開いて、両手で演奏する。足でペダルを踏んで音に強弱をつけるという。この先生、英語、フランス語、ドイツ語等々、沢山な外国語に堪能である。私は楽器はすべてだめ。日本語すらもうまくない。

「永井さん、仕事をしないのは良くない。写真を仕事としなさい」と命令された。写真による収入は無いが、今や天職のように頑張っている。

私は戌年である。犬のように従順である。私はこれを自分の長所と思っている。

平成十二年八月

J.S.

日本の砂丘

「撮影ですか」とタクシーの運転手さんから声を掛けられた。

「ああ、夕べ風が強かったから、風紋がきれいだろうと思いましてね」

風は冷たく、寒い日が続いていた。新横浜から静岡の浜松駅までの新幹線。その後、タクシーに乗った。

「中田島は、昔は大きい砂丘だったんですがねえ、天竜川のダムのせいか、次第に小さくなってしまいましたよ。あと五十年もすればなくなるんじゃないかとみんな言ってますよ………」

運転手さんの話を聞きながら私は浜岡砂丘を思い出していた。浜岡砂丘をはじめて見たのが十五年ばかり前であった。その日は御前崎から浜辺を歩いて砂丘に入った。風が強かった。ピュッ、ピュッ、ピュッと音がするように思った。

その都度、砂粒が頬を刺すように当たった。砂丘はエネルギーが溢れて、若々しい感じがしたが、その後、八年ぐらい前に行った時は痩せ細った老人のように見えた。

丁度、その頃から波、渚、砂丘をテーマにして撮影を始めていた。千葉県の月の砂漠にも行った。がっかりするほどの砂であった。［砂山］という歌に誘われて新潟にも行ってみたが、砂丘どころか、波の浸食を食い止めるのが精一杯のようであった。

鳥取砂丘はやはり日本一大きいと思われた。観光客も多い。私は平成三年五月二日に行った。働く者の悲しさで連休の時しか撮影に行けなかった。砂丘はあふれるほど人が歩いていて、足跡だらけだし、侵入禁止を無視したバイクの跡もあり、ろくな風紋などありはしなかった。

どうしようもないと思って旅館に帰った。ふと、窓から砂丘の方を見ると、砂塵が舞っているではないか。風が出たのだ。私は望遠レンズで、日没の色に染まった、その風景を写した。これで明日はきれいな風紋が出来ているだろう。

次の朝、観光客が来る前に撮影しようと思って、まだ暗いうちから出発した。出来るだけ人の来そうにない端の方を選んで三脚を立てて、太陽の出る頃、一人の男性が砂丘に向かって歩いてきた。このままだと私のレンズの中に入ってしまう。来るな、来るなと、私は心の中で叫んだが、仕方ない、止めるわけにはゆかなかった。ちょうど、日が昇った頃、大きい足跡を残して行った。

タクシーを降りた時、日没までまだ二時間半はあった。それでも早く場所を見たいと思い、力一杯、足で砂をかくようにして急いだ。その日も風は強かった。寒かった。この分では観光客も少ないだろう。

私の撮影場所は砂丘に入って左の方に行くとある。見ると一人の男が三脚を立てて立っていた。

「こんにちは」

「やあ」

と、どちらからともなく挨拶をした。

「今日も風が強いですなあ、フィルム交換も出来ませんよ」

とその男性が言った。三十五ミリの写真機で裏蓋を開ければ砂が入るだろう。私のはフィルムのホルダーを、ぱっと交換すれば良いので、日没まで撮影することにした。撮影場所を捜しているうちに、先程のカメラマンは居なくなっていた。

もう誰も居ない。広々とした砂の面を風が通り過ぎて行く。寒い。しかし、美しい風紋を作っている。これが五十年でなくなるとは思えない。私のシャッター音は風に流されて行く。

自然破壊という言葉をよく耳にする。「風は死にますか、砂丘も死にますか……」ふとある人の歌を思いだし、口遊んでいた。

平成九年

思い出

若桜

私の旧制中学五年の作文の時間の時、クラス全員短歌をつくらされた。私達の多くは、ない知恵を絞ってぎくしゃくした、訳の分からない歌を作って提出した。先生はその中から比較的秀作なものの面白いものを読みあげていった。「敷島の大和心を人問わば朝日に匂う梅の花かな」と読みあげた時、生徒一同どっと笑った。

最近この話をある高校の国語の先生にしたら「へえ、みんなが笑ったんですか。昔の生徒は教養があったんですね」と感心していた。教養があったかどうか分からないが、昔の人の頭の中には、敷島のとくれば大和であり、桜がくるに決まっていた。しかしもう桜からいさぎよい武人を連想するのはやめたい。潔く散った昔の人を見捨てるというのではない。平和を思う心は平和を生むと思うからである。

私がファインダーを覗いていた時、朝日を受けた若々しい花弁が、ぬるんだ風に、微かに揺れていた。

昭和六十二年四月

日向の匂

激流の時代に流れを見る。
小枝が雪を支えている。雪。雪から連想するもの。北国。雪国。人それぞれの風景、思い出が浮かんでくるだろう。

南国の生まれである私には雪の思い出が少ない。それでも少年の頃のある日、南国には珍しく牡丹雪が降っていた。その雪の中に立って一人の男性が出征の挨拶をしていた。それは昭和十二年か十三年の頃の事であった。

あの頃の私は、戦争があのように大きくなろうとは想像だにしていなかった。私の友人も数多く戦死をした。戦場はどのような有様であったか、私は想像するばかりであるが、銃声がし、大砲が炸裂し、鋭く空気が裂かれる音がする。

戦死した友人の中には、中学時代の冬の日、日向ぼっこをしながら楽しく語らった親友もいた。私は今、彼が戦死して四十三年目、日向の匂を思い出しながら小枝の先の新芽の膨らみを見つめている。

昭和六十三年二月

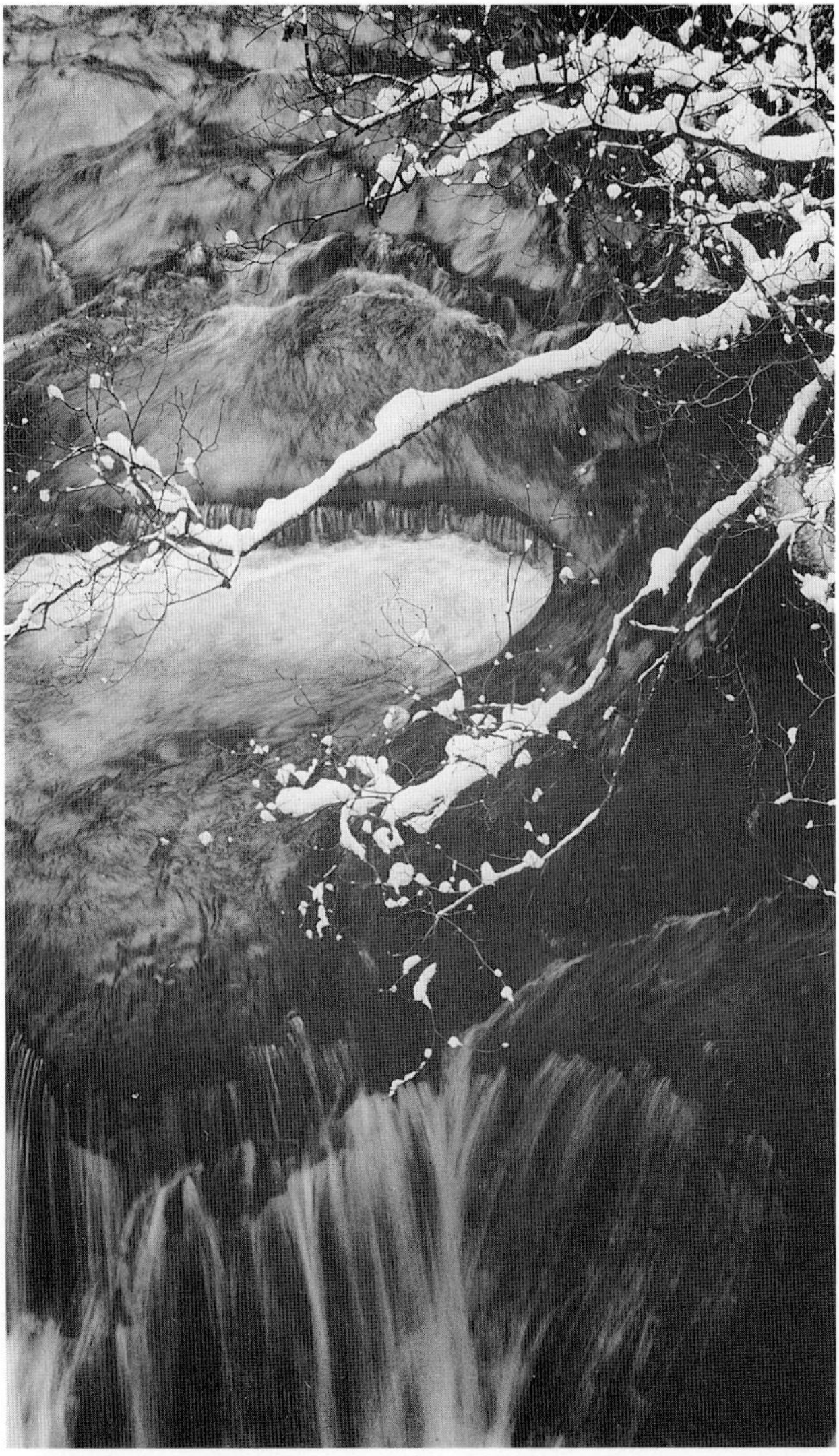

白衣と人生

「先生！　痛いです！　なんとかして下さい」「ああかゆい！　むちゃくちゃこすったら赤くなって痛くなりました」「頭が痛いんです。内科の先生には異常がないといわれました」「先生見えません。次第に見えなくなってきました。失明するのでしょうか」

私が眼科を開業して三十余年になってしまった。白衣の前で、色々の人々が色々の訴えをした。それに対して、適確な診断を下し、処置が出来、治癒したものもあり、全く不明で困り果てたこともあった。何となく何とかなった例等、色々のケースがあった。

思い出す患者の顔もあれば、永久に消え去った顔もある。老いては一人……三人……とこの世を去って行く。遺族の方が「故人が感謝していました。死ぬまでなんとか見えたのは先生のお蔭です」と言われたこともあった。その時の喜びを思い出しては白衣を着て、私は今日も患者に相対するのである。

昭和六十三年九月

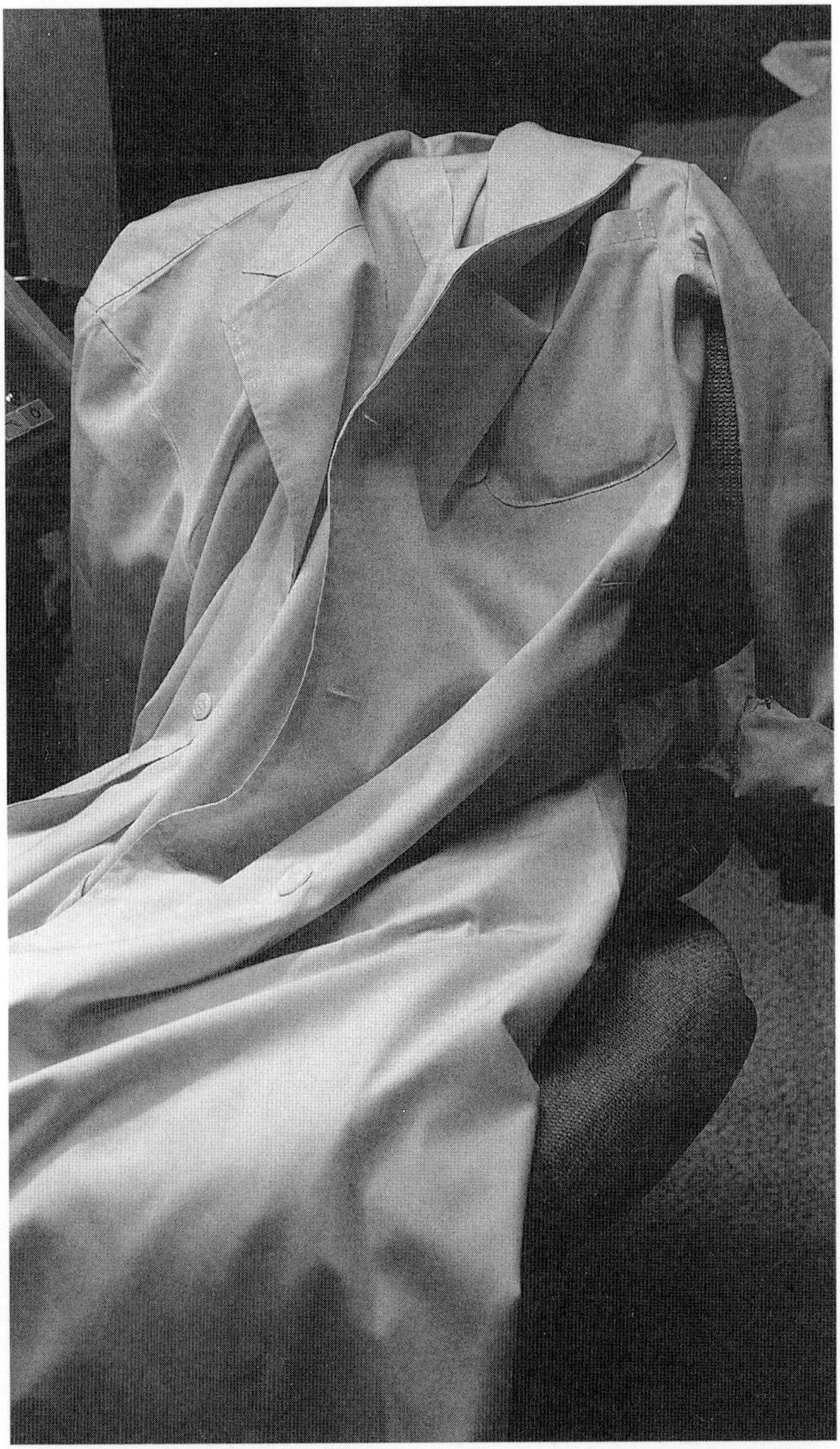

街の灯

私は新宿のある高層ビルの五十階から街の灯を眺めている。昭和二十年の終戦の前後の頃、この辺り一帯は空襲のため何もない焼野原であった。鉄筋建築の稀であった頃のこと、庭木一本たりとも残っていなかった。その光景の中を歩く昔の私を思い出す。

戦後ぼつぼつバラックは建ちはじめた。どこから木を集めて来たのか、私の知人も自分で建てた。知人は有名大学のフランス語の教授であり、たまたま同じ病院に同じ病気で入院していて知り合った。もちろん教授の年齢は私より遥かに上であり、私は兄とも思い、親とも思う心であった。全く飾り気のない人柄から私は多くのものを学んだ。その出会いは私にとって最も大切なもので、もっともっとその方と接したかった。しかし、現実の生活に振り回されてついつい御無沙汰してしまった。その方はもうこの世にいない。

私の瞳の中で街の灯が瞬いている。平和の中にある平成二年某月某日。

平成二年五月

小学校の思い出

私の思い出の中に出てくる小学校はいつも夕日を浴びている。正門から眺めると、あまり広くない校庭の向こうに、傾いていはしないかと思われるような建物が建っていた。障子があり、雨戸があった。貧しい日本を象徴するような光景であった。

一学年の生徒数は約二十人。男女共学であった。小倉の制服や着物を着た男の子。洋服や着物の女の子。服装はまちまちであったが、なぜか洋服を着た子供の家庭は比較的豊かで、着物を着てくる子供の家庭は貧しかった。虎刈りの子、ばさばさ髪の子。皹《ひび》割れた顔、霜焼けした手。蝋燭様の洟垂れ。また悪戯をすると言われ、先生に頭をさんざん殴られた子もいた。そして、幼子を負ぶった子がいた。それは何故であったかと、子供ながらに考えたが、静かに見ているしかなかった。その子は授業中、幼子が泣けば校庭に出て行った。

生徒が去った校舎の中でオルガンの音がしていた。先生が弾いていたのか。夕日に調和した音の流れが私の頭の中に流れ出てくる。

平成五年三月

二宮金次郎

時は流れて

私の少年の頃、『夾竹桃の花咲けば』という題名の小説があった。もう五十五年も昔の事で、その内容は風化してしまったが、悲しくても心暖まる作品であったように思い出される。

昔、高知県には夾竹桃という植物はなかった。その県で生まれ育った私は、どのような花が咲くのかなあと空想をしたものである。

今、私の家の裏のＪＲの線路脇に夾竹桃が群がり並んでいる。いつもその小説を思い出して眺めている。ああもう季節かと思っていたら、七月に入り寒い梅雨がやって来て、花は全くなくなった。そして梅雨が明けると一斉に沢山の花をつけた。八月も九月も次々と咲きに咲いた。やがて秋雨が来て寒くなると、一つ減り、二つ減り、次第に少なくなり、十月十五日には全く見られなくなった。

燃える太陽のもと、咲き狂った花の情熱は去った。花落ちたその向こうに、若々しい芒がゆっくり風に揺れている。

平成五年六月

レールの彼方に

　このレールは私の田舎に続いている。東海道線、山陽線を経て、岡山から南へ。瀬戸大橋を渡って土讃線、四国山脈のトンネルを百以上潜って平野部に出る。土佐山田、後免、土佐大津。この大津が私の古里である。この辺りから高知市に入る。

　幼い日、私が魚をとった田圃の中の小川も、密集した人家の排水溝となってしまった。

　終戦後、農地解放で耕作地として貰った小作人が、今やその土地に宅地としてマンションやアパートを建ててしまった。従って彼らは楽になり、裕福になった。その反面元地主は哀れにも没落していった。

　共に小川で魚をとり、チャンバラゴッコをした親友達は戦死してしまった。父も母もとっくにこの世を去り、兄弟は四散してしまった。田圃が町になった古里に帰省しても知る人に会うこともない。それでも古里の匂いを嗅ぎたくなる。

　このレールを見ると、父母や戦死した親友達が頭に浮かんでくる。それ等の顔はみんな頬笑んでいる。

平成六年二月

一滴の清水

ホームの時計を見つめていたら、母の笑顔になってきた……、誰もが一度は聞いたと思われる、ある流行歌の歌詞である。

生前の私の母の笑顔は、私の心の中に未だに鮮やかに残っている。私の命のある限り、その顔は失われることはない。ある日、私は母の顔を思い出し、流行歌を思い出し、上野駅のホームに時計を見に行った。少々子供じみた行為かもしれないが。そうしたくなる性質だから仕方がない。

時計を見つめ、母の顔を鮮やかに、私の脳裏に浮かび上がらせる。生前の不孝を詫びて、心の中で首《こうべ》を下げ、私は静かにそこを去った。さすが上野駅、下の通路は行き交う人が大勢いた。私は下を向いてゆっくりと歩く。小突くように突き当たって通り過ぎる人もいるが、私は振り向きもしない。あの時計を見つめながら詫びた、私の心の中に残る僅かばかりの清らかさを零さないように静かに静かに歩いた。

平成六年九月

今度の発車は

消灯ラッパ

この道を歩いている男は私かもしれません。体形が私に似ているし、私のようにゆっくり歩いているのです。

この道はＪＲ市ヶ谷駅につながる道です。向って右側の一段上に昔陸軍士官学校と幼年学校がありました。中二から幼年学校に入った私の親友は、続いて士官学校を卒業して戦場に行き、将校斥候に出て戦死しました。ずっと昔から私の空想の中で、彼ははじかれた様に部下ともども倒れているのです。

彼と私の家とはすぐ近くで、子供の頃は犬ころのように戯れて遊んだものでした。同じ旧制中学校に入ったのですが、彼は一歳上で一学年先輩でもありました。彼は秀才であり、私にとって兄のような存在でした。若くして死んだ彼には妻子もなく、彼を思い出すのは最早私だけではないでしょうか。私の心の中で彼は生きているのです。その私ももう七十七歳、どうも死亡適齢期のようです。私が死ねば、そのまま彼もこの世から消えてゆくのです。

幼年学校でも消灯ラッパが鳴ったでしょうか。

平成十一年十二月

入れ歯が消えた

皆さん。あなたの腸の中に掌大の上顎の総入れ歯が潜んでいると言われて、平然としておられますか？　私の腹の中にそれがあると言うんです。

歯科医は大丈夫、いつか自然に排出されると言うんですが、あの大きい物があの小さい穴から出て来るとは、全く考えられないのです。それに私の腹は三回切られています。一つ胃潰瘍、一つ膀胱癌、一つ腸閉塞。その上人工的に尿排出のために回腸を二十センチ程切除して、それを媒体としてあります。

ある日、私は睡魔に襲われました。車中椅子に腰掛け、俯いて約一時間ほどぐっすりと眠り、目覚めた時、はっとして口に手をやりました。あっ！　入れ歯がない。なぜだ？　昼食をとった後、朝日新聞本社のこのコンコースロビーの私の個展の様子を見に来たのです。座っていた辺りをよく見ましたが、ありません。落ち着いていられません。早々に帰り、家の中を隈無く捜しましたが無い。歯科医に電話したら「眠っている間に飲み込みましたね」と落ち着いて言う。妻はあわくって入院の準備をしている。私も平静でいられない。あちこちに言いふらす。中には食っちゃったんじゃない？　と茶化す者もいます。ちきしょう！

さて、その結果は？　……あ　と　で。

平成十三年九月

入れ歯の行方

ある日、京急（京浜急行）生麦駅で乗車したら、Y先生の奥さんが全く偶然に私の目の前にお座りになった。「あら、先日の月報のお話とても面白かったです」「えっ？」「入れ歯ですよ」「ああ、あれですか」と言っているうちに、奥さんの降りる駅に着いてしまった。

膀胱癌の手術を受けた後ずうっと定期的に受診している、ある病院の泌尿器科の部長先生に話したら「あなたの腸で出るわけないよ、腸閉塞何度もやったし、レントゲン撮ってもらっていらっしゃい」と言う。写るかなあと思ったが、ともかく、それしきゃないと思った。写真を二人でしげしげと見たが、それらしい物はなかった。

結局、俯いて電車で眠る癖のある私の口から落としたのであろう。その電車の終着駅で、掃除のおばさんが、（ああ、きたな）と思いながら塵取りの中に撥ねこんだのだろう。ついで、でっかい焼却炉の中で煙になったのか？　いやいや何事にも運がある。誰かの荷物にくっついちゃって、転々と運ばれ、今やワイキキの浜辺で、気持ち良い細波に愛撫されながらハワイアンと共にくねくねと動くおねえちゃんのお腰を見ているかもしれない。

平成十三年十二月

足摺岬

「石礫《いしつぶて》のように檐《のき》をたたきつける烈しい横なぐりの雨脚の音が、やみ間もなく、毎日、熱にうかされた私の物憂い耳朶《じだ》を洗いつづけていた」

田宮虎彦氏の「足摺岬」の書き出しである。私がこの小説を最初に読んだのが何十年前であったのか、はっきりしないが、長い年月が流れている。私の頭の中でその文章は風化し、「足摺岬は来る日も来る日も雨であった」に置き換えられてしまっていた。

私が最近足摺岬を訪れた日は、幸い晴天であった。しかし波はやや高く、次々と押し寄せては砕ける様をかなり長い間眺めていた。

田宮氏の書き出しの様も、私の置き換えた様も土佐にはよくあることである。

しかし、雨があがると底抜けに明るい太陽が降り注ぐ。だが、その明るさが人の心の中まで明るくすることができるのか。この断崖から投身すれば、二度と海面に姿を見せぬという。砕ける波を見つめながら、その中に我が身が吸いこまれていく様を空想した者は、私だけであったろうか。

風景はあまりにも広大であり、我が身はあまりにも小さく思えた。

平成十四年三月二十三日、私の傘寿の祝いを碁の仲間十四名が集まりやってくれた。その席で、佐藤氏が、私の随筆足摺岬をお読み下さった。

彼の朗読は非常に上手く、聞いている途中から、私の頭の中に古里土佐の光景が次第に充満してきた。そして涙がにじみ出てきた。

松原とは旧制中学中、殆ど同じ電車で登校した。

なぜ、なぜだ。十五年余も時間があったのに……。

どうして彼が植物人間のようになったのか、私は聞いていない。聞いてもどうしようもないことだ。私は外見元気な自分の姿を、彼に見せたくなかった。私だって病気をする。だが、帰省するときは元気そうに見えるので困る。

中学に入学以来、私達は親友になった。舟戸という停留所から定まった時間に乗って通学したのであるが、そのせいか、私が電車の前の方から乗ると、必ず彼がいた。場所は決まって運転手の後ろの辺り。

電車は所謂路面電車である。

土佐はなにかにつけて変わった所だから、少し説明が必要である。

路面電車といえば、普通、市営で市街地を走っているものだが、土佐は違っていて、市街地だけでなく、東西共に郊外まで走っている。というかごそごそ動いているというか。

東は後免《ごめん》から葛島《かづらしま》迄、国道と仲良く並んでいて、そこから橋を渡ると、旧市内で、はりまや橋を経由して鏡川橋まで複線であるが、川を渡り、朝倉から伊野まで単線で続く。

南北は高知駅からはりまや橋を経由して桟橋まで複線である。

先程も言ったように、全部路面電車であるが市電ではなく、土電、も少し詳しく言えば土佐電鉄という私鉄である。

電車通学で親友になった友は次第に兄弟のようになっていった。

今、思い出してみると、夏休みが一番良かった。お互いにお互いの家で寝泊まりした。

一番の思い出は、彼の家から少し東に行ったところに、住吉という浜があり、海水浴をしたり、その浜辺に彼の家の小屋があり、泊まって自炊をした。彼が煮た茄子がとてもおいしかった。それ以来私はずうっと茄子好きになったのである。

彼は旧制高知高校から京都帝国大学医学部に入り、私は一年遅れて日本医大予科から医学部に入った。一年遅れは、頭の良い悪いもあっただろうが、彼は医学一直線で進み、私は違った進路を希望して、親と喧嘩していて、ろくに勉強をしなかったのが原因としておく。

最後に一緒に遊んだ記憶は京都見物を一日中、くたくたになるまでしたことである。

その時彼は京都にいたから、もう京大に入っていたことになる。

その年の十二月八日、真珠湾で日本海軍がアメリカ太平洋艦隊を奇襲攻撃し太平洋戦争を引き起こしてしまったのである。

どうしたのだったのか。お蔭で、多くの非戦闘員が死んだ。

沢山な大都市、中小都市が焼け野ヶ原となった。しかし空襲がなくなった。ほっとした。

「原爆を忘れてはいけんよ」

「軍国主義がなくなって、良い世になった」

「戦争に負けて、どないして高度成長をしたんか」

「バブルになってポンとはじけて、経済学者がこりゃなんじゃと、ぽかんと、しちょると」

などなど色々な話が耳に入ってきた。

これまでは良かったが、人が人を殺す。他人が他人を、親が子を、子が親を、亭主が女房を、女房が亭主を、親が幼児を、などなど殺したり殺されたり。母親が幼児を放り投げたとは、唖然、人間失格、即銃殺にしろと言いたい。

彼は高知で私は横浜で、医療に忙しく、又行き違い、すれ違いもあった。

そのうち彼の病気の容態が悪化している、植物人間になったという情報が何処からか流れてきた。

それから私の心の中の葛藤がはじまったのである。

一年に一回か二回の帰省しかできない。その少しのチャンスを生かせなかった。うううううんと、苦しんでいる内に彼は死んだ。ああ！ ついに行けなかった。

平成十四年三月

鬪病

橋

この橋を渡って、病院の正面玄関に入る。入院中、私は病室の窓から見えるこの橋をよく見ていた。外を自由に歩ける人々が羨ましかったからである。私の隣のベッドにSさんがいた。わたしより五歳ほど歳下であったが、話をして楽しい人であった。Sさんは前立腺癌であった。どういう訳か、手術を受けず、化学療法をやっていた。抗癌の点滴を四クールもやったので、とても苦しがっている日もあった。奥さんは毎日午後三時頃までに必ず来た。しかし、三時を過ぎることもあり、その時Sさんはじっとこの橋を見ていた。

私も家内も、Sさんが奥さんを待ち佗びているのに気付き、誰一人見落とさないように橋の上に目をやっていた。「あっ、Sさん、奥さんが来ますよ」と言うと、Sさんは和やかな顔で頷いた。

Sさんは四月中旬、私と同じ日に退院したが、転移があり、その後三ヶ月ほどでこの世を去った。

生涯通院しなければならない私は、この橋を渡るたび、Sさんを思い出すにちがいない。そして、私は、「Sさん、奥さんが来ますよ」という言葉をいつまでも忘れないだろう。

平成七年十二月

天井

膀胱に大きい悪性腫瘍ができてしまった。もちろんオペ。全摘するしかない。自覚症状は全くなく、突然、小豆大の血餅が尿道からポロリと落ちただけなのに、腫瘍は成長していた。

膀胱は前立腺、精嚢等と共に全部とられた。回腸の一部が切りとられ、その一端を閉じ、一端が腹部外に出され、その腸管に尿管を繋ぐという手法である。又、会陰部から尿道がぬかれた。手術時間は十二時間であった。

現代は術後の疼痛など全く心配ない。毎日薄紙をはぐように、潮が引いてゆくがごとく、少しずつ快方に向かう。十九日目にして全粥となった。

この写真、天井である。これを毎日眺めていた。この何の模様もない板に色々な空想を描いた。全快したらどのような写真を撮ろうとか、このような文章を書いたらどうかとか。

あと三年位健康であってほしい。その間に色々と楽しいことをしたい。転移のことは考えないことにする。あと少しであるが、明るい充実した日々を送りたい。

平成七年四月

病棟の廊下にて

苦しみは突然やってきた。全く自覚症状がなかったのに小豆大の血の塊が、予告なく尿道からぽろりと落ちた。血尿とはただごとではない。さっそく主治医の紹介状をもらって、市立の某病院の泌尿器科を訪れた。これから私の大病人生活が始まったのである。

私の場合、手術を二回うけることになった。一回目は十二月二日、二回目は同月十九日。従って年内に退院できそうもない。長期にわたっての入院中には、気分の悪い日もあれば、良い日もある。良い日は、脚が弱るから散歩しなさいと、看護婦さんに催促されて廊下を歩く。横目で次々と病室を覗きながら。年寄りもいれば、若者もいる。それぞれ懸命の闘病生活である。

もう年末も近い。ナースセンターの硝子窓にはメリークリスマスと書かれ、その傍には小さなツリーが置いてある。

ほとんどの日本人は、クリスチャンでもないのに、幼い日、サンタクロースを夢見て、朝、目覚めた時のプレゼントに心をときめかせたことであろう。そう思うと、母の顔が浮かび、父の顔が浮かんだ。

平成七年三月

プーデル
我が闘病の記

一

「七屁《へ》八屁《へ》音はすれども空吹きの実の一つだに出ぬぞ悲しき」

誰が詠んだのか、私の頭の中に何時までも残っている短歌もどきである。時あたかも山吹の咲き揃う季節で、太田道灌の言い伝えが思い出される。

少々臭い話で恐縮だが、殆どの人々は大なり小なり便やおならで悩んできている筈で、それは生きていることの証でもある。

二

腸の下部には色々な細菌が常住し、小腸上部までに消化吸収されなかった食物は小腸下部から大腸にかけて細菌が分解するのだが、その際、腸内にガスが発生する。しかしこのガスの大部分は腸管から吸収される。吸収されないのが〝オナラ〟として放出されるのである。

食物で、ごぼう、白菜、いも等の繊維の豊富な食べ物はガスが発生しやすいが、あまり臭くない。長ねぎ、玉ねぎ、にんにく、にら等硫黄成分を多く含むものを多食した場合は強烈な臭いがするそうである。肉を食べるとどうか魚はどうかは各人の研究に任せることにする。

三

私の腹は平家蟹の様に醜い。手許にある『辞林』を開くと〔平家蟹〕海産のカニ。甲の幅約二センチ、全身暗紫褐色、甲の凹凸が怒った人の顔のように見え、平家の怨霊が移ったとの伝説を生んだ、とある。

私の腹の正中線には大きな切開跡が三本も残っている。年寄りの皺のように、いやもっと深く大きく、多数の線が迂曲している。臍の下約五センチあたりは大きくくびれている。このくびれはおそらく、腹膜等の癒着により生じたものであろう。おまけに右下腹部には尿をためる袋がぶら下がっていて、大きい鏡に写された様は見られたものではない。又、右の脇腹にも大きな切開跡がある。

四

昭和二十年日本は戦いに破れた。東京は次から次へと繰り返される空襲で、殆どが焼野原になっていた。食糧は無い。まして他人の世話をする下宿など中々無かった。私は大船の個人宅に知人のつてで下宿させてもらった。

昭和二十年の冬も寒かった。明日は産婦人科の試験だという夜、布団をかぶり、湯タンポを抱いて勉強をしていた。夜の十二時はもうとっくにすぎていた。就寝前のトイレに行った。あらかた尿が出終わりかけた時、ペニスの中を柔らかい円いものが下がって来て、アサガオの中にぽたりと落ちた。薄暗い電燈の中ではあったが、赤黒い小指の先位のものが見えた。はっとした私の頭の中に浮かんだのは約一週間前に泌尿器科の臨床講義にあらわれた初老の人であった。

その夜、私はまんじりともせず朝を迎え、下宿を出た。東海道線の上りはラッシュであった。大船からでも、もうすでに超満員であり、列車のデッキにやっと押し込まれたまま立っていた。その時も血尿のことは頭から離れなかった。講義に出た方の診断は腎臓結核であった。私もどうやら同じである。パスもストマイも、結核菌に対する治療薬の全く無かった時代、両側の腎臓が侵されたら死病となるのである。

そんな事を考えている時、列車内が急に明るくなった。保土ヶ谷のトンネルを抜けたのであった。なぜかその一瞬を未だに鮮明に覚えている。

試験の答案は要点と氏名を書いて一番に席を立って、そのまま同じ建物の中にある泌尿器科の外来に行った。検尿の結果はすぐにわかった。案の定結核菌が居た。医学生の私にもそれを見せてくれた。レントゲン検査では、右側腎にそれらしい影があった。初期のようだから左側は大丈夫だろうということであった。ペニスの先から膀胱鏡が入れられた。痛かった。これが平気な人は居ないだろうと思った。

間もなく年末であり、私も郷里である高知に帰省した。父母に病気のことを報告せざるをえなかった。父は医師であり、内科を開業していた。私の話を聞いているうちに、その父がふらりと崩れるように倒れたのであった。後継者である大切な息子が死病にとりつかれたのがショックだったのである。

次の年の一月の中旬に右側腎摘出の手術を受けた。勿論母校の付属病院でである。

入院した時、臨床講義に出た方のことが頭に浮んだ。引っ込み思案な私ではあったが、手術を受けた状況を聞きたくて、その方の病室を訪れた。その方は大町と言い、ある有名大学のフランス語の教授であった。

「先生、私、先生が出られた臨床講義を聞いた学生ですが、その後すぐ血尿が出まして、先生と同じ病気と診断されました。明後日手術を受けるのですが、受けられた時の様子をお聞きしたくて参りました」と言うと、「心配ないですよ、脊髄麻酔で、すぐに終わります。痛くないですよ」とおっしゃり、「どちらの腎臓なの」ともおっしゃった。「右ですが、両方かどうかははっきりしません。初期だし片方だと思われるが、手術後の経過を見なければ、はっきりしたことは言えないと言われました」と言うと、「僕と同じだね」とおっしゃった。

手術が終わり、病室に帰ってからすぐ痛みだした。切開された場所である。「痛いよう！」私は医学生として恥かしい大声を出したようだ。「大町先生の嘘つき！」と叫んだことを覚えている。それを看護婦さんから聞いてか、当の先生が私の病室に現われた。「痛いですか。今思い出したが、私も少し痛かったかな。喉元過ぎればだったなあ」と言った。そして、やがて医師がやって来て、痛みを止める注射をしてくれた。それが徐々にきいてきて、私が眠ってしまうまで、先生は私の枕元に居て下さったとのことであった。

当時の治療は安静第一であった。そのため手術後可成の期間入院をしたものであった。手術創の中心辺りに瘻孔（フィステル）が出来た。大町先生も同じであって、肉が上がるまでと腰を据えていた。

大学教授と医学生は不思議と馬が合った。教授の病室を訪れては話をした。又、時には紙に線を引き、碁盤を作り、それに黒と白の円を記入して碁というゲームを楽しんだ。

やがて大町先生は退院した。私はフィステルは閉じきらなかったが、父は医師であるし、高知に帰省して、その手当をしてもらい、安静にすることにした。父の命令で三学期のみを残して休学をし、治療に専念することにした。もう一方の腎臓の発病を恐れたからであった。

京王線笹塚駅から七分ほど歩いた所に大町先生宅があった。原っぱにぽつんと掘っ建て小屋があり、それかどうか分からなかったが、やつれたもんぺ姿の、初老と見える婦人が居たので声をかけた。「ここは大町先生のお宅でしょうか」と聞くと、婦人がこちらを向いた。大町先生の病室で時々お見かけした奥さんであった。「あっ、ナガイさんですね」「いやあ、これは失礼しました」「少しお待ち下さい。宅はちょっと」とおっしゃった。

広大な原っぱは原野ではない。瓦礫や焼け残った材木が延々と続いている焼け野が原であった。三百六十度、ぐるっと見渡せた。この荒野で多くの人々が、空襲のため死亡した。勿論外地では日本兵が大勢戦死したのであった。

東京には何も無いと言ってよかった。焼け野が原には腹の足しになるものなどはありそうもなかった。冷たい風が少し砂を巻き上げて通りすぎて行った。

何時の間にか私のうしろに大町先生が立っていた。個室で用を足していたのだろう。病院に居た時より顔色が良くなっていた。しかし、左側の瞼が痙攣していた。チックかなと思いながら、「先生、私、明日高知に帰ります。お世話になりました」と告げた。

「君、学校はどうするの」と先生が言った。「休学です」「あと少しで卒業だろう」「そうですが、その後、インターン一年と国家試験が続きますから、無理をしないでやれと父が言いますので」「それもそうだなあ、今のところ休養が一番大切だからなあ」とおっしゃった。

そのあと小一時間、私は自慢のふるさとと、土佐の話をした。坂本竜馬のこと、土佐日記のこと。その日記に出ている、船出した大津の地は私のふるさとである事などであった。その間先生は口をはさまず静かに聞いていた。何時もの先生とちがっていた。

「ではぼつぼつ失礼します」と言うと、「もう帰るのか、一緒に飯でもと思ったが、ろくなものが無くてなあ」。先生は淋しそうであった。

笹塚から新宿、新宿から品川、品川から大船、その当時の私の体力では大変なことであった。明日は東京駅から岡山、岡山から宇野、宇野から連絡船で高松、高松から土佐大津まで二十四時間以上かかると思うとうんざりした。

五

片方だけの腎臓でも、一人前に尿は膀胱に溜まる。溜まると排尿しなければならない。これが手術後かなりの間、恐怖であった。排尿のはじめにビーンと下腹部全体に痛みが走る。思わず右手で下腹部をおさえる。放尿の途中にも痛みがあり、おそるおそる、ゆっくり排尿する。放尿の最後がすごかった。激痛が下腹部から会陰部にかけて最上級となった。その時は思わずズボンの中に両手を入れ、男根部辺り全体を力強く握りしめたままトイレから出て転がって、痛みの去るのを待った。まるで地獄であった。この疼痛劇が一日に七・八回演じられた。何時まで続くのか不安であった。膀胱内全体が結核菌に侵され、潰瘍やビラン状になっている様だ。これが左側の腎臓に入って行きはしないかと心配した。

六

地獄の日々は何日続いたことか。「痛い！」と言っても家族にも友人にも誰にもその苦しみの実感は伝わらなかった。

だが月日がすべてを解決してくれた。神仏は私を見捨てなかったのだ。

痛みが和らぎかけた頃から体力もついてきて、上京して復学することになった。幸い今迄の成績が良かったので、復学は最終学年の三学期のみで良かった。

卒業後は父の命令通り、日赤高知病院でインターンを終え、無事国家試験に合格した。続いて高知市民病院の内科に就職したが、体力がないので、往診等がなく、時間が規則正しく診察出来そうな眼科に一年程で転向した。次いで国立高知病院に約三年勤務していたが、学位制度の変更の前に上京して、母校の眼科教室に研究生として入った。友人の眼科分院にて診療しながら大学に通い研究し、学位論文を書いていた。

昭和三十一年四月二日、横浜市鶴見区生麦で細やかな開業をした。アルバイトの収入では生活が出来ず、開業したのであるが、もうすぐ帰省すると信じている親には内証での開業だし、親に頼る事も出来ず、金を借り入れる実績もなく、安い検査器具を買うしかなかった。まだ学位論文は未完であった。朝七時から二時間ばかり診療をし、大学に行き、夕方また診療をし、夜中の一時から二時頃まで論文を書きつづけた。

七

この当時、大町先生のお宅を一度訪れた。掘っ建て小屋のあった所に立派な家が建っていた。玄関に和服の奥様が座った。モンペ姿の時と全くちがい、清楚で上品な女性であった。しかし掘っ建て小屋に居た女性にはちがいなかった。「宅は今、床屋さんに居ます」とおっしゃった。

その場所を聞き、私は大町先生の頭が刈られているそばに立ってお話をした。しかし、散髪が終わってから後、ずうっとお話を続ける時間が私にはなかった。「夕方から診察がありますので失礼します。近いうちに又来ます」と言うと、「残念だね。永井さん所の近くに女子校があるだろう。そこの校長になるかもしれないよ」とおっしゃった。しかし先生はそれから間もなく亡くなられた。五十六歳であった。

ほんの一時期でも私に好意を示して下さった方を生涯忘れることはない。

私の命数も五十五か六だろうと思っていた。

八

平穏な年月が流れ、いつの間にか昭和五十年になっていた。そして自分の命の予定の歳に近付いていた。

空腹時になると胃が痛む時が多くなり、主治医（家庭医）に診てもらったところ、胃潰瘍で、穿孔一歩手前という診断であった。癌を心配しないでもなかったが、医師の言動からそれは無いだろうと思っていた。

「今、良い薬が出来ているから、一ヶ月使ってみましょう」と主治医が言う。この一ヶ月は長かった。今日は利くか明日は利くかと続けてみたが、一向に良くならない。むしろ痛みが増してきた。夜はベッドの上で、仰向きも、左右どちらの横向きも出来ず、ベッドに俯くようにに寄り掛かって眠るしかなかった。

遂に主治医が「駄目だ、手術を受けなさい」とおっしゃり、私の母校の外科に紹介してもらって手術を受けることになった。その当時は息子がその病院の眼科に勤務していて、家族割引のある個室に入った。

入ったとたん痛みがとれたのである。しまった。痛くなければ切らないで様子をみておればよかったのにと思ったが、それは間違いであった。入院により、仕事と全く切り放されてストレスがなくなったからであった。

検査は造影剤(バリウム)を飲み込んだレントゲン検査、胃カメラ検査、血液検査等であった。胃カメラも気持ち良いものではないが、膀胱鏡よりはましかなと思った。

腹膜を切開する手術は初めてであった。腎臓摘出の時は、腎臓は腹膜外にあるので腹膜は切っていない。

手術日は雨が降っていた。寒い日で、コンクリートの庇に溜った雨の雫が次々と落ちているのをストレッチャーに横臥して眺めていた。それは手術室に入って間もない時であったが、この時点の事を、私は昭和五十七年の著書に次のように書いてある。

「ナガイ　セイイチさんですね」と不意に声がしたので横を向くと、中年の女性が立っていた。手術室用の制服であろうか、普通の看護婦の服装と違っている。いや、女医さんかもしれない。「何時から具合が悪くなりましたか…痛みましたか…今迄手術を受けられた事がありますか…」何で手術直前になって入院した時と同じことを聞くのか…

これは今思えば、最近某大学であった手術患者の取り違えといった事態防止のためだった様だ。

やがて全身麻酔がかけられる。従って意識がなくなる。そのまま元に戻らないのではないかと心配していた。

手術の結果でも癌ではないと言われた。見舞いに来た友人に、「病理検査の結果でも、手術による判断でも癌ではない、との結果が出た」と言うと「いや、そんなものどうにでも言えるし、病理検査の報告書もどうにでも書き変えられるんだぜ」と笑いながらその友が言った。本人は冗談のつもりで言っているのだろうが、気の弱くなっている病人にはこたえる言葉である。こんなデリカシーのないやつは、とてもまともな医者にはなれない。

鼻を通して胃あたりまで入れてあるカテーテルは気持ちの悪いものである。「これまだ外せないかなあ」と言うと、「ガスが出るまでだめです」と看護婦さんが言う。今日もだめ明日もだめだった。何日たったか忘れてしまったが、ある朝、予期していない時に「プッ」と音がした。しめた、やっと出たと思い、ナースコールをした。

枕元に来た看護婦が「どうしました」と素っ気なく言った。ガスが出たと言うと、「あっ、そう。後で先生に報告しておきます」と言って立ち去ろうとした。「ガスが出たんだよ、これ取っても良いだろう」と私は鼻を指差して言った。「駄目です。すべて医師の指示でやります」「何時になる?」「十一時からの回診の時です」……なんてこった。まだ五時間以上もこのままで待つのか。「あら、おなら出たの、おめでとう、良かったですねえ。でもね、先生のご指示を受けなければならないのよ。先生は十一時少し前にナースステーションにみえますから、その時でないといけないのよ、もう少し待ってね。早く取ってあげたいのはやまやまだけど…」。こんな風にやさしく言えないものか。これが看護婦の基本だ。一から十まで教えなければならないのか。

九

癌の心配もいつの間にか忘れて、よく働き良く遊んだ。ゴルフもやり、飲みにも行った。平穏な日々は二十年程続いた。しかし平成六年十一月に、またもやペニスの先から血餅がぽろりと落ちた。何処からの出血か不明であるが、今度こそ癌だと思った。もう高齢だし、終焉の時が来たと思い、覚悟をきめた。

主治医（家庭医）に相談したら、○○病院の泌尿器科の部長先生の腕がとても良いからということで紹介してもらった。

色々と検査を受けたが、最後に膀胱鏡を使用して、膀胱腫瘍の一部をとり、組織的にどのような腫瘍であるかを判断することになった。それは、ペニスの先から挿入しての作業である。その時、全く屈辱的な姿勢を取らされたのである。下半身の下着まで全部とり、台の上に仰臥し、両脚を大きく開いて、左右に枝の様に分かれた台の上にそれをのせた。この姿勢は男性でもいやだ。ましてや女性の場合は死ぬより辛い思いではあるまいか。いきなりそんな姿勢にするのではなく、左右の脚を揃えて台の上に上り、静かに台が動いて診察しやすい具合にする方法はあるまいか。

私は組織検査の結果を全く聞かなかった。どの様な方法で手術をするかによって、どの様な腫瘍であるかがわかると思った。

部長先生は手術の方法を次の様に言った。「膀胱を全摘します。その辺りのもの、つまり、前立腺や精嚢等を全部取ります。その結果としてインポテンツになりますがよいですか」、私は七十三歳で、精力が落ちてきていたので、もうそろそろ年貢の納め時かと思っていた。「はい、いいです、もう歳ですから」と答えてしまった。

十

手術は朝九時から夜九時まで十二時間かかった、とか。一度切開した辺りにメスを入れざるを得なかったので、癒着がかなりあったようだし、骨盤内の、転移していそうな淋巴腺を一つ一つ除去する作業にも時間がかかったらしい。

手術を受けている私は全身麻酔でも何も知らなかったが、十二時間も待った妻や娘や、婿は大変であっただろう。予定より二時間もオーバーし、不安であったが、部長先生が軽く口笛を吹きながら出て来られたのを見て、ああ手術はうまくいったんだとほっとした、と妻が話をしてくれた。

十一

「インポになるよ」「ああ、いいですよ」と軽く言ったものの、高齢であったし、男性を断たれた後のことは考えなかった。麻酔から目覚めた次の夜の夢の中で私は春画を見ていた。目の前一面に女性のあそこがあった。ヘアの一本一本がピンクの肌に黒く、ゆるやかな曲線で、美しく並んでいた。

セックスは頭の中でするものだと思い知らされた。その後視覚聴覚で刺激されて発生した興奮を性器によって発散する事は出来ない。発散する器具が不能であれば、当然の事である。精液や、それを放出する尿道がなくても、その源流にある睾丸は生きていて、次々と精子が作られているのである。インポになったという意識からか、悩ましく、大声を発したこともあった。

しかし時間の流れは有難い。需要が無くなれば生産は落ちてくるらしく、年と共に苦しみは無くなってきた。

十二

膀胱全摘出の手術は膀胱の代わりに回腸の一部約二十センチ位切り取り、その一端を閉じ、一方を腹壁に出す。それをストマ（口）と言う。その切り取った回腸に腎臓からの輸尿管を繋ぎ尿をストマから出すのであるが、ストマにフランジ（ストマから尿を外に出す器具で、五〇〇ｃｃ位まで溜める袋が付いている）をつけるのである、フランジの袋の先にはコックがついていて、小便は普通の人の様に便器の前に立ち、ペニスを出す様にコックを取り出して、それを開けて放尿する。

フランジは腹壁下部の右側（私の場合）に張り付ける。ここに一つの問題がある。腹壁に粘着する素材が人により合わない場合、アレルギー性反応がおき、皮膚に炎症をおこすことがあるので、合うものを捜すことに多くの時間を要した。そのフランジを四ないし十日で張り替えている。

この手術を受けた者は、身体障害者四級となる。フランジ等の購入資金は収入に応じて補助があり、飛行機の国内線や、ＪＲの運賃の割引もある。

何事もすべて良くない事ばかりではない。実は私、六十五歳をすぎた頃から、前立腺肥大があったためか、小用の時、便器の前に立ってから出るまで時間がかかった。混んでいる時、後に待つ人が立つとますます焦って、ますます出なくなる。ところがである。フランジの先をそばの人に見えない様に少し出してコックをひねると、さあっと尿が出る。隣の人より先に立ち去る時は何だか楽しくなるのである。

就寝時には二千五百ｃｃも入る袋につなぐので、安心してビールも飲める。尿のために夜中におきることはない。

しかしあくまでもフランジという器具を扱うのである。不慣れなはじめの頃、全くのイージーミスを何度かやった。民宿に泊まった時、閉じたと思った所が閉じてなかったりして、夜具を濡らして弁償したこともあった。なんだかおねしょをした様できまりが悪かった。

十三

この手術の場合は回腸の一部を切除し縫合するので、消化器系の手術が入っている。やはり鼻から胃の辺りまでカテーテルを入れる。そしてガスが出るまではずしてもらえない。ここにも苦痛がある。しかし、何日か今や遅しと待っていて、ブウーッと〝おなら〟が出た時の嬉しさは忘れられない。

十四

体調が少し良くなった頃、私の場合、抗癌剤が点滴によって行われた。一週間やって一週間休み、又一週間やり、しばらくしてもう一度これを繰り返した。これで二クールである。

このときの苦しみは説明出来ない。ムカムカしだしたと思うと用意する間もなく、ぱあっと嘔吐した。

一番いやだったのは食事時、配膳車が廊下の遠くのエレベーターで運ばれて来た途端、食事のにおいが鼻をつき、むかむかする時であった。今思い出すのもいやな一ヶ月余であった。

終わった時、部長先生が「永井さん良く頑張ったね」と褒めてくれた。

十五

退院後間もなくのある日、突然腹痛がおきた。「未経験のため何の痛みかわからなかったが、腸蠕動と共に痛むので、腸閉塞ではないかと思った。これで又、入院することになり点滴と絶食で治った。しかし、退院後も同じような痛みを時々感じた。その時、私は二食絶食すると治ることを知った。勿論水も飲まない。二食位飲まず食わずでも渇水状態にはならない。

しかし、この様なことを繰り返していては駄目で、その後、消化の良いものを良く噛むことなど、食生活に心掛けている。

十六

膀胱の手術後四年目の頃、ストマの近くの腹壁が徐々にふくらんできた。ここに腸が入り込んで、嵌頓《かんとん》状態になると危険だと部長先生に言われ、もし痛くなれば即手術を受けるように、と言われていた。

ある土曜日の夜、一泊の予定で娘の家に行き、夜十一時頃、婿とウィスキーを飲んでいた。そのふくらんだ辺りがなんだかへんだと思っているうちに痛くなってきた。さあ大変だ、今は夜中だし、明日は日曜日で病院は休みだ。救急車では何処へ連れて行かれるかわからない。

一夜明けても痛みは増すばかりであった。午前九時頃思い切って部長先生の自宅に電話をした。運良く先生は居た。その上、「丁度これから特別の患者を診るため病院へ行くところだ、すぐ病院へ来なさい」とおっしゃって下さった。

先生の指示があったらしく、行くとすぐCTほかレントゲン検査をやって下さる。レントゲン技師が、日曜日だというのに居たのだ。救急のためか。平日だと予約がぎっしりで、思う様に進行しないこともあるとか、日曜日で却って良かった。検査は順調に終わった。そして、なんと外科の部長先生もおられるという嘘の様な——本当であった。麻酔の先生と外科の助手の先生を召集して、揃ってすぐ手術にかかったのである。監督は泌尿器科の部長先生で行われた。

ストマの辺りを切開するとフランジがつけられなくなる。切開後、腹壁に皺が出来るとそこから尿が漏れ易くなるのであった。

切開は患部とはなれているが腹の正中線でするしかなかったようである。そのようにしてくれと、泌尿器科部長のアドバイスがあったとか。

「永井さんは全くついているねえ。何もかも順調にいった。四、五時間遅れていたら命の保証はなかったよ」泌尿器科の部長先生が、あとでおっしゃった。

十七

さて、プーデルについてであるが。ある大学の先生が「私の子供がね、小さい頃、プーデルクサーイ（〝おなら〟のこと）ジャンナルスグデール（消防車のこと）などと英語風に言っていたよ」とおっしゃったことがあった。私達もスルトヒーデル（マッチのこと）などと言って英語ごっこをしたものである。

女性は〝おなら〟を嫌う。「可愛そうなはメチコの〝おなら〟五臓六腑をかけめぐり」などと私達の若い頃はよく言ったものである。

母は私達が子供の頃、「畳のへりを踏んではいけませんよ。音がすると〝おなら〟と間違えられますよ」言っていた。

ある本に載っていたのだが、昔、良家の娘が茶室で小さい〝おなら〟をした。茶室は静かだから小さい音でも部屋の中を流れた。その茶会が終わって、一同が立った時、その娘は動かない。よく見ると舌を噛み切り、座ったまま死亡していたとか。屁のことでへでもない事と思うが、そうはゆかないのである。

妻も昔は花恥かしいメッチエンであった。若い頃嫌っていた私の〝おなら〟の音を今は聞くと安心している。腸閉塞の時は〝おなら〟の音がストップするからだ。久しく妻の前で音を出さないと「あなた大丈夫？　出るの？」と言う。私は今や堂々と〝おなら〟を出せるようになった。

大きくプウーッと音がするのはさほど臭くない。そこで色々と工夫をする、電車の座席に座っている時など、腰を少し浮かして、電車の音がなるべく大きい時、ズ、ズウーッと放屁する。すまして座っていると、ガスは私の体を伝って上に昇ってくる。鼻先に来た時、なんだか懐かしい臭いを嗅ぐ。それが頭の天辺から昇ってゆくのだ。

音のしない〝おなら〟は臭いと思うが如何《いかが》か。比重が重いせいか、さっさと去ってくれない。しからば、そうっと席をかえるのである。〝おなら〟はしばらくの間、その辺を漂い、そこら辺りの人々は、誰がしたのかと思っているにちがいない。

子供の頃、先を直角に曲げたこよりを両手の手の平で廻し「へひりへひり、へえかんぼ、へをひったのだあれ」と歌いながら止め、曲がった先が向いた者が犯人だという遊びをよくしたものである。

十八

屁でもない話だが、屁でもあるのである。私の場合、いつもおならを気にしなければならない。今も出たおならちゃん（とうとうこんな愛称までできてしまった）に「こんにちは、今日もよろしくね」と言う。

手術を受けた後、まだかまだかと待っていた大切な〝おなら〟。看護婦さんが私の腹に聴診器を当てながら「腸は動いていますよ、あと少しですよ」と言ってくれた時を思い出す。

手術前、下剤で下し、浣腸をして、おなかの中を空っぽにしておいて、何からガスが発生するのかよ、とふて腐れていた私。命ある日の思い出は何時まで続くのか。

あっ！ 今も、又プーが出た。このプーは腸の正常を告げるのか、下痢の前触れのものか、便秘の前兆のものか。

屁でもない事と放っておくことは出来ない私にとっては大切な音なのである。

今日は平成十二年四月二十四日、ではＳａｙｏｏｎａｒａ(綴りをじっとごらん下さい)。

古里

傘の上の落葉

高知にしては珍しく冷たい秋の雨が降っていた。ここは四国霊場八十八ヶ所、二十九番の札所、国分寺境内である。いまでも白衣を来たお遍路さんが後を絶たない。

その昔、平安時代には、国分寺のある所にはもちろん国府があった。その国司の一人紀貫之は西暦九三〇年から九三四年までここに赴任した。その時生まれたのが、かの有名な『土佐日記』である。古今和歌集を編纂した彼が、流人の地でもあった土佐に来たのは何か左遷の匂がする。しかも愛しい娘をこの地で亡くしてしまった。「都へと思ふをものの悲しきは帰らぬ人のあればなりけり」「世の中に思ひやれども子をこふる思ひにまさる思ひなきかな」貫之の愛し子はこの地を離れることができなかったのである。

私はこの日、何故か歳を取った女性の傘の落葉に目を引かれた。

「わが来つる方も知られずくらぶ山木々の木の葉の散るとまがふに」（古今和歌集）

昭和六一年十一月

消えたお社

写真は土佐二十四万石、徳川時代を一貫して続いた山内家のお城である。この城のすぐ近くの中学校（旧制）に私は五年間通学した。写真の右手前のところに藤並神社という大きい神社があった。私達中学生は年に一度は全校生徒が参拝に連れて行かれた。その神社が中学校の氏神であったからだそうである。その神社には山内一豊を祭ってあると聞いていた。

最近帰省した私は全く久し振りに高知城を訪れた。ところが、あったはずの神社がないではないか。その近くのお店の人に聞いてみた。「さあ、いつ頃からなくなったんでしたかねえ……。市役所でやったことですかねえ……」と全く要領を得ない。私も誰の都合で壊したのか、特に調べる必要もないので、未だに不明である。ただ、神社の木一本切るのも嫌がる日本人のなかなかできない事と思った。

一豊は一武将である。神でないというのか。土佐には山内家の前に長曽我部家がいた。この間の断層が未だに埋っていない感じがする。幕末の勤皇の志士を生んだあの断層である。私の全くの偏見であろうか。

註　藤並神社は戦災にあったので、後年、同市鷹匠町、山内神社に合祀された。

昭和六十三年六月

県外へ

県外に出るということについて、昔は他県の方と高知県人との間に、感覚的に大きい差があったと思われる。高知県は孤島のような所であった。南側には太平洋が広がり、北側は四国山脈が連なっている。しかも西日本で一位と二位の高さを誇る山が東西に聳え、それに付随する様に険しい山々が群がっている。

幕末の頃、これ等の山々を越えて脱藩した坂本龍馬ほかの人々の苦労が偲ばれる。

私達が小さい頃は夕方高知港を出る千トンクラスの汽船に乗って翌朝大阪港に着く便を利用した。しかし、これも容易ではなかった。浦戸湾をしばらく静かに進むが、やがて外洋に出ると大きく揺れはじめる。小さい汽船が波の背を一つ一つ乗り越えて進むものだからたまったものではない。そのクライマックスは室戸の沖を通る時であった。金盥に向って吐く人が大勢いた。

昭和八年、土讃線が四国山脈を割って高知県から瀬戸内海方面に抜けた。それでも百以上もあるトンネルに入っては出て進んだ。高知県側からはやっとこさ登るように汽車は喘ぐ。煙がトンネルの中に充満し、それが車両の中に立ちこめる。乗客はハンカチで鼻を覆うが、ハンカチも鼻の穴も、おそらく肺も、顔も黒くなってしまった。

写真の鉄橋は、その土讃線の大歩危渓谷に架かっているものである。美しい渓谷に、今は煙もなく、ディーゼルが快適に走る。おまけに高知県を観光する皆さんは耳にされるであろう。「列車の左側に渓谷が見えてきます。小歩危渓谷です。やがて鉄橋を渡って右側に大歩危渓谷が見られます……」

いつも苦虫を噛み潰したような顔をして、突っ慳貪だったように私には思われた鉄道員が、ＪＲとなって観光案内をする。久しぶりに帰省した私はこのアナウンスを聞き、今昔の感を禁じ得なかった。

平成二年八月

浜辺にて

あなた。あなたの思い出は美しく楽しいものばかりですか。私のは楽しいものよりも苦しいものが多いですねえ。私のことを昼行灯などと言う人がいたりして、一見のんびりしていて苦労などしたことがないように見えるらしいですが、人一倍苦い思いをしたことがあるんですよ。消してしまいたい思い出は何としても消えないものですねえ。その苦しさに付き合って人生を終えるしかないようです。

この写真の浜辺は私の父の古里の近くにあります。私もこの浜辺の近くで生まれたとのことです。何かが私を呼ぶのでしょうか。昨年は三回もこの浜に行きました。高知県の足摺岬に近い大岐の浜です。誰もいない寒い浜辺に立って、後から後から押し寄せてくる波を見ていました。かつて父も見たでしょうこの浜辺を、不肖の子が父の仕種を真似て歩いてみました。ここでもやはり苦しい思い出が私の供をしてついて来ます。いらっしゃい、いらっしゃい、苦しい思い出さんよ、仲よく付き合って歩いて行くとしようか。

平成三年二月

ハチ公の前にて

歳をとると共に心細くなり、私は休日の前夜、娘の家に宿泊することが多くなった。朝、南側の雨戸を開けると、小さい声で「ワン、ワン」と柴犬が鳴く。散歩に連れて行けというのである。こちらが黙っていると、「ヒー、ヒー」という声を出す。「まて、まて。まだ朝の用事があるんだぞ」と言って、硝子戸を閉め、障子を閉める。でも、何だか落ち着かない。用事を後にして、散歩に出てしまった。

渋谷は私の第二の古里である。昭和十五、六年の頃、宮益坂の古本屋をめぐり、道玄坂でアルコールを喉に流し込み、田辺元や西田幾多郎の本を小脇に抱えて颯爽と歩いたものである。ハチ公の銅像は横目で見るだけであった。

あれから五十年、田辺元も西田幾多郎もどこかへ行ってしまった。そして、はじめてハチ公の銅像をしみじみと見、生き物の心を思い遣る今日この頃である。

平成三年六月

古里

あなたには古里《ふるさと》がありますか。いや、古里といっても、何も田圃や畑が並ぶ静かな所だけではありません。ビルの谷間を走って遊んだ思い出の地も、幼い頃の古里となりましょう。コンクリートの隅で、蟻の行列をじっと見つめていた思い出は、私の十代の終わりにあります。私は十八歳の三月まで、日本の最果ての地の都市の郊外にいました。田圃があり、小川があり、蛍が飛んでいました。それが、十八歳の四月に突然東京に来ました。

東京には建物も人も多く、大きく長い電車が走っていました。その中のある地区が私の若い頃よく遊び、思い出すと懐かしい古里となりました。

その東京をも離れてから五十年近くなります。二十歳前後に遊んだ東京の町の昔の道はどこであったか全くわかりません。また、蛍の飛んでいた田舎には家がひしめいています。私の古里は思い出の中にしか、その姿を残していないのです。

ああ、私の古里はどこへ行ったのでしょうか。

平成七年七月

三崎口
1601

叱られて

満七十五歳になった。やはり古里《ふるさと》が気になる。古里は？　と人に問われると高知県ですと答えるが、しかし県内でも地名だけ知って、未だに行ったことの無い所が沢山ある。先頃、私が別荘のように使っている田舎のボロ家に一週間程泊まって、少々探検してみた。

安芸市も何時も通過するだけで、一度も立ち止まったことのない地であった。此処は高知市のやゝ東の方にある。阪神タイガースのキャンプ地と言えば、少しは知っている方もおられると思う。この地の出身者である、弘田龍太郎氏のこの写真の碑に出会った。氏はこのほか、浜千鳥、春よ来いなど、誰でも知っている有名な童謡を沢山作っている。

今、子供の頃、叱られたことが、懐かしく思い出される。

田舎に帰っても知っている人にはめったに会わない。それでもある女性には帰省した時よく偶然に出会う。「セイチャンが帰っちうにかわらんと言いよった」。老人になってもセイチャンと呼んでくれる人は有難い。その人、私より一〇歳近く上の元役場に居たオバアチャンである。

平成九年九月

若者よ

竜馬は「自分は役人になるために幕府を倒したのではない」と言い、陪席していた陸奥宗光が竜馬のあざやかなほどの無私さに内心手をうってよろこび……というくだりが、司馬遼太郎氏の『竜馬がゆく』のあとがきにある。

この写真の右から二番目が竜馬の象である。この銅像は高知県の辺境と言われる檮原(ゆすはら)町に立っている。ここから小一時間登った所に、竜馬が脱藩した時通った小道がある。私はそこを少し歩いてみた。杉の木などに覆われて、昼なお暗く、雑草を分けて行った。この道を通った時、竜馬は何を考えていたのか。竜馬は土佐一藩に止まっては居られない人物であった。竜馬の倒幕は西郷や大久保や桂などのようなケチな考えではなかった。その時既に、アメリカの様に農民からでも大統領になれる国家を夢見ていた。

無欲で国家のために命をかけた竜馬の銅像を、国会議事堂の真ん前に建てたい。それを全国民に呼びかける若い勇者は居ないものか。

平成十年六月

加枝（かえ）

五十年もの間、加枝という地名を妻から何度聞かされたかわからない。幼い頃に思いを馳せているのだろうと思い、私はいつも「うんうん」と聞きながらその地の空想をした。

加枝は四国山脈の中央近く、山深い空《そら》（山の上の事）にある。今年の夏、帰省した時、たまたまチャンスがあり、嫁の運転する車で行くことが出来た。

その地には妻の母の実家があった。六十年近く行ってない所とあって、すっかりかわり、すぐには思い出が返って来なかったようだが、道行く人に聞いて、その家を見、次第に思い出が甦ってきたようであった。

小学生の頃、思い煩う何も無い頃、母方の祖父母の家に行った楽しさは私にも経験があり、よく理解出来た。山の中の小さい集落であっても「ムネチャン（妻の愛称）が来ちゅう」と言って十人ほどの子供が集まって来たという。

我々の時代は戦争という大きな障害があった。勤労奉仕、食料不足、仕事、子育て、忙しい日々へと続き、楽しい青春の無い時代であった。
「いつか加枝に行ってみようか」と私が言うと、「行ってみたいわ」と妻がいつも言っていたことが実現したのである。

平成十年十月

望郷

人生は旅だろうか。私が横浜に腰をおろしてからもうかれこれ四十五年になる。

平成十年九月二十四日から二十五日にかけての夜、高知市東部大津乙地区に大洪水がおきた。私の故郷だ。すごい惨状であったとか。テレビで放映されたが、更に状況を横浜在住の僧侶で、四国八十八ヵ所を歩いてまわっていた友人が、たまたまその頃、その地区を通りかかって電話をくれた。途中、私の田舎で、私の先祖の墓所を拝んでくれたのである。

「私はその地の医師であった親の跡を継ぐために医者になったんだが、なぜか横浜に根がおりて、親不孝をしてしまったよ」というと、電話の向こうで、「いい所じゃないですか、路面電車もチンチンと走っていて」と彼は言った。その電車は余程優雅に見えたらしい。

幼い頃、一番親しかった友二人は戦死した。七十六歳を越すと、流石鬼籍に入った者が殆どで、私は浦島のようなものだ。

「いい所じゃないですか」という言葉が私の頭の中に何度も甦ってくる。古里まで飛行時間一時間十分である。

平成十年十二月

人生のあれこれ

梅雨の頃

私にも思春期があった。ぼんやりと、何を考えるでもなく、ただひたすらに何かをじっと見つめていた。雨脚もその一つであった。

その雨脚、写真に撮るのに少々苦労した。ある休日、この程度の雨なら適当な雨脚が写せるのではないかと思って、ふと想い出し、出かけたのが三渓園の池であった。

雨の中で三脚を立て、カメラにレインコートを着せ、傘をさして待つ。雨が多すぎては水面が煩わしい。しかしうっかり待ちすぎると雨脚が弱くなってしまう。従って何回もシャッターを切った。

多分、これをお読み下さっている方は年配の方と思う。この写真を眺めて思春期の昔を想い出されては如何。私にとっても思春期は遥か昔のこととなった。随分長生きをしたものである。

私の思春期の頃、『人生僅か五十年』という本が父の書棚にあった。

昭和六十一年六月

暖かい日々

命は使い捨てですかねえ。いやいやそんなことはありませんよねえ。どこか具合が悪いと医者に診てもらい、修理してもらって長生きをしていますものねえ。しかし、悠久の宇宙の中では使い捨てのようなものですかねえ。

使い捨てでもいいんです。私にも、今までの生活の中で楽しいこと嬉しいこと、いっぱいありましたもの。でも悲しいことの方が多かったかなあ。淋しい時があまりにも多すぎたかなあ。

ある日、日が傾きかけた時、散歩していたら、たまたま写真のような日差しを見た。暖かそうである。思えば、私の淋しい日、悲しい日は、寒い時に多かったようだ。暖かいと心が和む。暖かそうなものを見るだけでも心が和む。寒い思いをしたくない。暖かい暮らしをしていこう。そう、肉体だけでなく、心も暖かい暮らしをしたいものである。

平成元年二月

電車

私は毎朝、窓から電車の走り去るのを見る。すぐそばを横須賀線、これが通る時はお話もできない程の轟音を押し込んでくる。その向こうは京浜東北線、また向こうは東海道線、そして屋根だけ見せて走る京浜急行。どの電車も上りは鮨詰で走っている。莫大な人々が東京へ集中して行く。そして一日の仕事が待っている。沢山稼ぐ人もいるであろう。少しだけしか稼げない人もいるであろう。爽やかな心で乗っている人もいるであろう。病気を気にしながらの人もいるであろう。心優しい人も、意地の悪い人も、上品な人も、下品な人も、恋に酔っている人も、失恋した人も、何も彼もごちゃ混ぜで走って行く。そして、人々は生きてゆく。

それぞれの電車を見ながら、私は一日の細やかな幸せを、生きるもの達の幸せを祈る。

週一回、ほっとする日がある。それは日曜日である。

平成元年十二月

ある青春の光景

この窓の中で東大工学部の入試が行われている。難関東大はともあれ、青春の道の中に入試の門は必ずある。頭脳がよく難なく通り過ぎた者、懸命に通り抜けようとした者、力尽きてしまった者、色々とあるだろう。

十五年程前。若い患者さんに「受験終わった?」と聞いた。「はい」「受かった?」「はい」「東大?」「はい」。ここで私は絶句した。東大と聞いたのはお世辞が半分以上だったからである。「でも、もう少し楽しい高校生活をしたかった」と彼はぽつんと言った。その年の夏、「母に頼まれました」と言って、ビールの大瓶十二本、風呂敷で包んで持って来た。彼の所から電車を乗り継いで五十分はかかるだろう。満面に汗の玉が付着し、流れ落ちているのを見て私は感動した。

彼は卒業後一流企業に入り、子供も出来、今はアメリカにいると、風の便りで知った。入試の頃と暑くなった頃と年二回、私はその青年を思い出す。そして永遠の幸福を祈る。

平成二年三月

雪解け

雪解け、春、希望。このパターンを幾度重ねてきたことか。その結果は何一つ残っていない気がする。晩年になって、何かしておきたい。何か、何かと思い詰めるようになった。もどかしい気持である。所詮凡人のすること、柩が片付けられるとともにどこかにうっちゃられてしまうだろうと想像すると遣る瀬なくなる。

七十歳近くなるともう人生の頂上に近い。ここまで来る途中、苦しかったこと、悲しかったことのいかに多かったことか。しかし、中には花が咲いたように美しく嬉しい思い出もある。つらい思い出に心を閉ざし、楽しい思い出のアルバムを心の中に作ればよいではないか。

雪が解け、氷が解けて暖かい日差しに身が包まれて、それだけで幸せと思う心に近頃なってきた。これは私なりの悟りとしたい。

平成二年四月

彼の世

「あなたは彼の世があると思いますか」と私はよく人に聞く。「先生が彼の世があると信じるんですか」という返事が返ってきたこともあった。その返事の主は呆れたという顔をしていた。ないという方が文化人的であり科学者的であると思うのはもう昔の話。その昔でもパスカルは有るに賭けたではないか。人間、考え方を変えることによって信じようと思えば何事も信じられる。これも修業の一つかと思う。

仏壇で鐘を叩く。チインの後の余韻にしばらく耳を澄ます。音が彼の世に染み込んで行くように思われる。此の世を去った者は彼の世で幸せにしているだろうと思うと気が楽になる。此の世の者も彼の世があると思うと心に余裕が生じる。

信じたくない人、もう一度人体の色々の仕組みをチェックしてほしい。そこには全く不思議な世界がある。このようなもの誰が考え工作したのか不明である。宇宙は人間が見ているだけの空間ではないようである。

平成二年九月

冬の花

木枯が吹く。「心細いですね」という言葉を毎年誰からか聞く。しかし、晴れた穏やかな日には散歩にも出たくなる。寒い中にも時として花に出会うことがある。かなり高い木の梢に白く輝く花を見た。十二月に枇杷の花が咲くとは全く知らなかった。

ひっそりと咲く花を見て私は一瞬妬ましさを感じた。私の少年の頃、遁世に憧れる風潮があった。時代の背景は昭和十二、三年頃である。いや、枇杷の花は遁世ではあるまい。木枯の中で、じっと寒さに耐え、夏には美味しい実を生むではないか。

人知れずひっそりと咲く花はよい。私もあのような静かな人生を送りたかった。落ち着きが全くなく、好い加減に人生を歩んで来てしまった。

突然、風が吹いた。一ひら二ひら白い花弁が落ち、地面に貼り付いた。大地は暖かく迎え入れるようであった。

平成二年十二月

ジンタ

美しき天然――。空にさえずる鳥の声、峯より落つる滝の音……、という唄を知っているかと、四十位の男に聞いたら、「あ！　サーカスの唄ですね」と言った。これは御迷答、百二十点を差し上げたい。高校生、中学生は全く聞いたこともないという。私等大正生れは、ズン、ジャッチャ、ズン、ジャッチャ……とジンタの調べに乗って、悲しい時は悲しげに、楽しい時には鼻歌調で脳裏に浮かんで来るのだが。

もう五十年も前の映画。題は忘れたが、田舎の小母さんが、東京見物をして、帰りの列車の中のシーンが思い出される。小母さんの見ている暗い車窓に、浅草ロックの赤い灯、青い灯が浮かんでくる。そして空には花火が。それにメリーゴーランドがゆっくりまわる様がオーバーラップする。美しき天然の曲がジンタの調べにのって、はじめは小さく、次第に大きく、そして又小さくなって映画は終わった。映画の作者はその映画に人の世を表現しようとしているように思われた。

見よや人々たぐいなき、この天然のうつしえを……。

平成三年五月

点と線の上にて

駅は点であり、レールは線である。その点にて、色々のドラマがおこる。喜びの再会もあり、悲しみの離別もある。線の上を走る列車の中には色々の思いの人が乗って、同時に走って行く。楽しい新婚さんがいれば、愛した人の遺骨を抱えた人もいる。
人世も点から線へと移動してゆく。幸せな日という点から移行して、悲しみの点へと行く。しかし、悲しみの点から喜びの点への移行もある。このようなことが天文学的な数で繰り返されてきたことだろう。これが人世というものらしい。いつ嬉しいことに会い、いつ悲しみが待っているのか全く見当がつかない。悲しみが来たって恐れてはいけない。しばらくじっと耐えて善処すればきっと幸せが待っている。人世はなるようにしかならないと、私は開き直ってしまった。このような簡単なことを苔がむす程の年齢にならないと悟れなかった。しかし、若い頃、思い悩んだ日々のことを決して滑稽とは言うまい。

平成三年七月

百人百様

来るは来るは来るは来るは、続々、続々、続々と、人人人人である。一人として同じ人はいない。百人百様である。

不特定多数の人を一人一人相手にするのは、しんどいことである。私もよくも三十五年間、百人百様の人を相手にして診療して来られたものだと、我ながら感心する。

ある日、私の妻が「A子さん、お母さんが違うんですって」と私に言った。「違うって?」と私。「小さい頃、生みのお母さんが亡くなって、違うお母さんに育てられたんですって」「それにしては人柄がよいねえ」と私は思わず言った。これは駄目。反省の要あり。継母に対する偏見である。

A子さんはもう孫もある女性であるが、本当に気持ちのよい人物である。「育てて下さったお母さん、余程よい方だったんですねえ」と妻。私は一瞬、A子さん自身の素質ではと思ったが、理屈は言わないことにした。母も百人百様。娘も百人百様であろう。

平成三年八月

嗜好と命

ある人が言った。「夕方、一本のビールを飲むことを楽しみにして働いている」と。私も然り、今日も夕方一合の日本酒が飲めると思いながら朝仕事場に出て行く。全く可愛い庶民の細やかな楽しみである。

私の知人で、五十七歳で死亡したある大学の教授。六十六歳で死亡した某大企業の役員。二人共大酒豪であった。アルコールを飲みすぎて死亡したとの噂である。

私などアルコールに弱く、いわゆるジャパニーズフラッシュという有様で、すぐ赤くなり酔ってしまう。それでも好きなものは一日たりとも休めない。休肝日などとんでもない。休んでまで長生きしようとは思わない。

先日テレビを見ていたら、八十歳のおじいさん、健康のため禁煙するという。一体何歳まで生きようというのか、命に対する強欲さにあきれた。しかし、そう考えるのは私の不謹慎によるものかもしれない。私もその歳になるとそのような考えになるのだろうか。

平成三年九月

BREWERY COMPANY, LIMITED
KIRIN BEER
LAGER BEER
キリンラガービール

天国と地獄

冬になると夏が恋しくなり、夏になると冬が恋しくなる。全く我儘なものである。老人達が、寒いのに元気よくゲートボールをしている。しかしこの人達、今は天国にいるようなものではないだろうか。人は自分の好きなことに熱中している時が一番幸せだ。

誰でも地獄のような苦しみを味わうことがあるのが普通であろう。しかし、必ず天国にいるような幸せにも巡り合うものである。天国から地獄へ、地獄から天国へと、人は渡り歩いて行くものだ。

此の世で、少しでも天国にいたいと思うならば、自分の好きなことを作らなければならない。来世のことは全く不明であるから、せめて残り少ない此の世で、少しでも多くの幸せな時間を過ごしたいと思う方々は、自分の趣味を生かすことである。

などと言って、好き勝手なことを計画する。また楽しからずやである。

平成四年二月

5
4

馬鹿は俺だけじゃなかった

私も若い頃、エネルギーが一杯あって、何かに手を染めると、上達したいという意欲が旺盛であった。囲碁もその一つで、万巻の書を読み、力をつけて、碁敵をばったばったと打ち負かそうと思い、よく本屋で囲碁の本を買ったものである。

書店の本棚から、これはと思う本を抜き取って、ぱらぱらとめくり、ついで序文を読む。なるほどこれは良い本だ、これをマスターすれば上達間違いなしと感心して簡単に買ってしまう。家に持ち帰り少し読んでゆくうちにどうも見たことのある本だと思い本棚を見ると、あるではないか、つまり、同じ本に二度感動して買ってしまったのである。

このことを妻に話すと、「私だって同じ推理小説を二度買ったことがありますよ」と言う。この人は若い頃秀才だったようだと思う人にその話をしたら、「僕も受験の時、同じ参考書を二度買いました」と言う。ああ安心した。馬鹿は俺だけではなかった。

平成四年六月

古書
中央線・古書の宝

結婚

私には新婚旅行の経験はなかったが、新婚時代はあった。遥か彼方のこととなった。楽しい思い出はもちろんあるが、長年連れ添ってくるにあたっては、数々の苦労もあった。それは無理もないことで、全く違う環境で育った男女が心を一つにして家庭を築くのは、本当に大変なことである。しかし、夢中で仕事をしているうちに、いつの間にか子供が成長し、いつの間にか孫ができた。その孫達と遊ぶことのできた何年間かは全く楽しい思い出ばかりである。苦しさは去り、楽しさが残った。

しかし、人生も晩年となって、はっと気が付いた。今、妻に死なれたらどうなる。私一人では何もできないではないか。私自身の健康よりも妻の健康が気になる。これは利己主義であるが、追い詰められる気持ちになるのは、妻に甘えすぎた罰であろう。

私自身誇れる人間ではないし、妻も同様である。しかし、私達ペアの中にも他人と違った幸せがあったはずである。

平成四年十月

坂本竜馬新婚の旅 碑
坂本竜馬は妻りょうと
二人で 海路鹿児島を訪
れ 霧島に遊び 小松帯刀
屋敷に滞在した 慶応二
年（一八六六）春のことである
日本人の新婚旅行という
風俗のはしりといわれる

縁起

ある病院の屋上から、突然、飛行機雲を引いたジェット機が飛び立って行った。どなたかの魂が昇天する光景を見ているようであった。

北海道をタクシーで走っていたら、市立士別病院という文字が目に飛び込んで来た。(あれ？　日本人の感覚に合ってないのでは？)と瞬間思った。日本人は一般的に「シ」という文字を嫌うではないか。四、4、月極貸駐車場に4がない。士はシであり、別がつくと死別に通じる。死に別れるために入る病院はまっぴらではないかと私は思った。

私の妻の母が、朝、診療所に順番をとりに行く。そこはノートに名前を記入するのであるが、4番の所が必ず空いているので、そこに記入するんだよと笑っていた。

七十歳になって、私は御幣担ぎにも飽きてしまった。縁起を担いでも担がなくても、その人の人生はなるようにしかならないものではないかと、思うようになったからである。

平成四年十二月

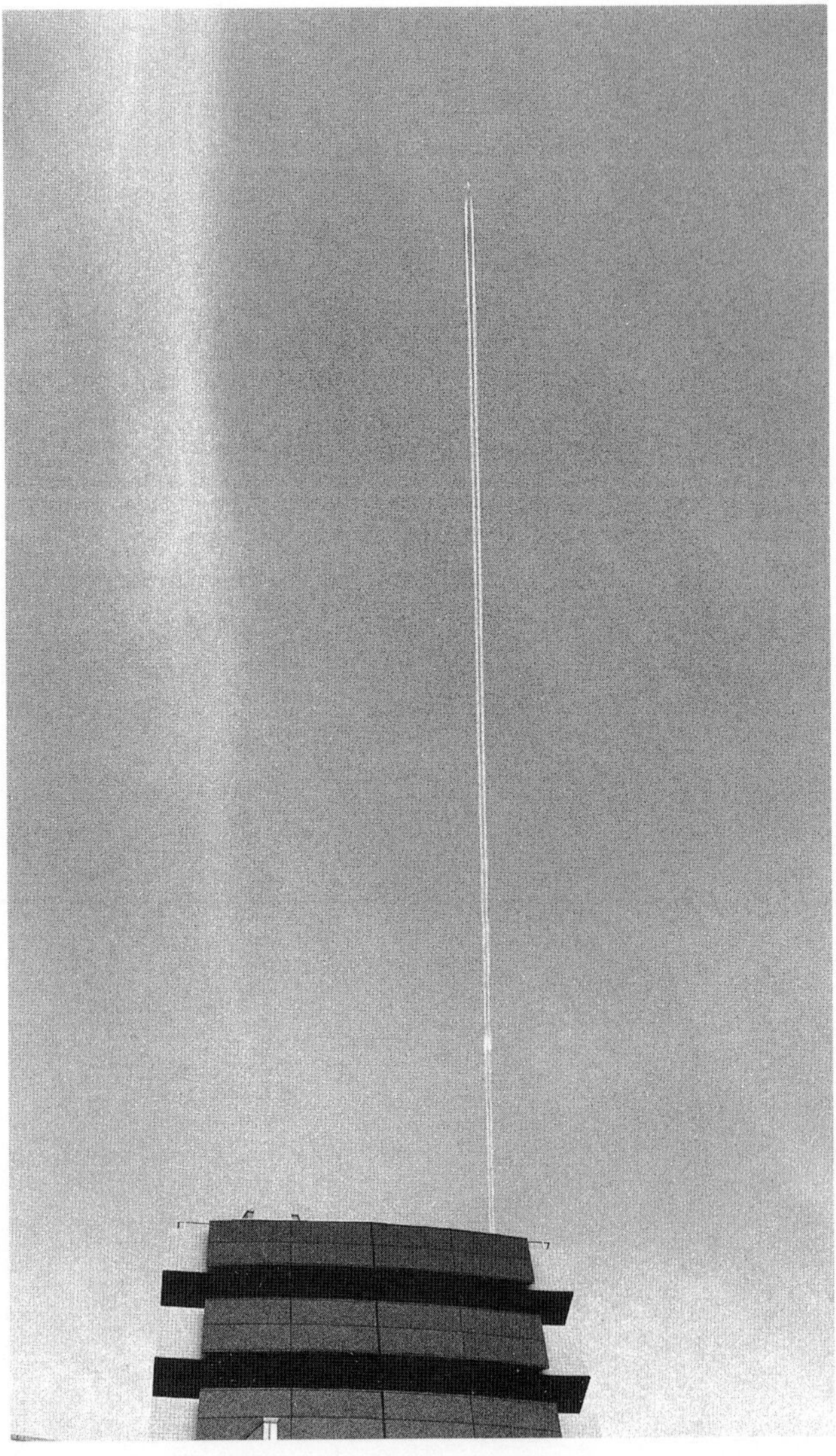

医師の定年

私は若い頃、五十五歳になったら開業をやめようと思っていた。体が弱かったし、とても長生きできそうもないと思っていた。しかし、いつの間にか五十五は過ぎ去っていた。次は六十歳になったらやめようと思った。ところが、今にして思うと五十五から六十までの頃が一番油が乗り、体力、気力が充実していたようである。そのため、私設六十歳定年はパスしてしまった。でも六十を過ぎてからは次第に体力が弱まり、働く意欲を失っていった。六十五歳こそ私の定年だと決めた。六十五歳がきた。やめる、やめない、やめる、やめないが心の中で繰り返された。そこに患者さんから声援が送られてくる。「先生やめないで下さいよ。私、一生先生に診てもらうから」「先生仕事をやめると惚けるよ」

今、時間を短縮して仕事を続けている。患者数は減った。それでも、昭和三十一年四月二日に開業した次の日に来た女性の息子が時々来る。十年、二十年と続いている人もいる。どうもこの人間関係がしがらみとなって定年を遅らせているようである。

平成五年二月

永井眼科

喪中につき

例年、年末近くなると喪中につきのハガキが何枚も配達されてくる。

今年ももう六通程来た。住所録を開き、死亡した方の氏名の上に線をひく。その上に死亡と記入する。私の住所録は墓場のようにだんだん死亡者の数が多くなってしまった。今年は医学の恩師のも、親友のもある。

この写真に写っている額の中の右上の方、大阪の方で、郵便碁名人であった。一度しか会ったことはなかったが、ハガキ通信の上では親しく心に通うコメントの遣り取りがあった。数年前に亡くなられたが、この方はまだ私の心の中で生きている。

この額、片付けをしていて、たまたま出て来て、懐かしく眺め、写真に撮った。この記事が、読売新聞の日曜版に載った時、ある親友が切り抜き、額に入れて持って来てくれたものである。こうしてあるといつまでも残り、こんなことをするはずもない不精な私には、本当に有り難いことである。

この親友と最近、喪中につきはもう少し先にするよう、頑張ることを誓いあったばかりである。

平成五年十二月

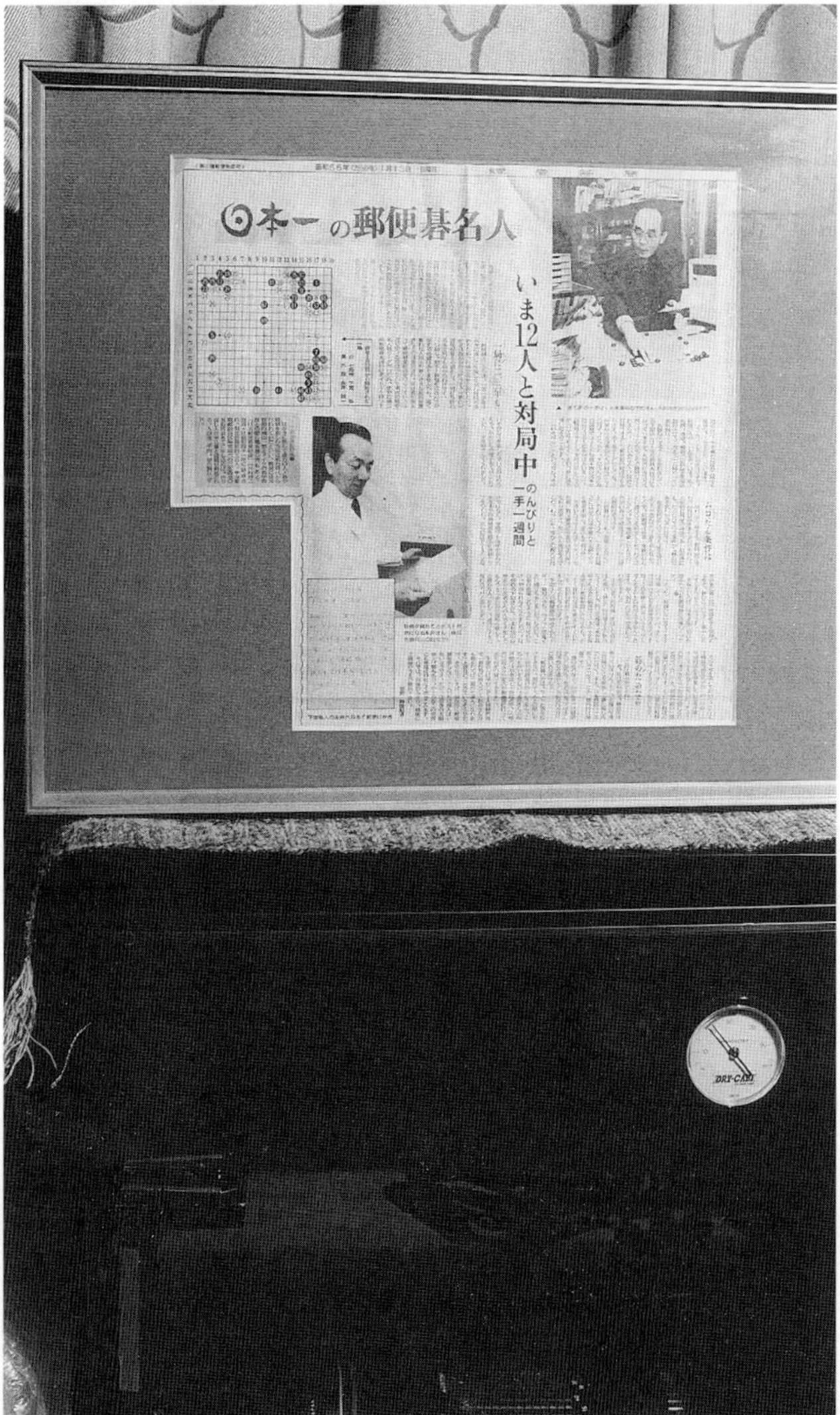
日本一の郵便碁名人
いま12人と対局中
のんびりと
一手一週間
DRY-CABI

行き交う人々

私はある夕方、この空港の中を通りながら、明くる日の葬儀のことを考えていた。逝去されたのは八十四歳の男性。ある会社の会長であり、私とは職業も異なるし、年齢もその方が一回りも上であったが、話の調子が合うというのか、会えば快い会話ができた。出棺するまで、私は告別式に参加をした。居並ぶ人の前をお棺が通る時、涙が込み上げてきた。合掌して霊柩車を見送った後、自宅まで約二十分、私はとぼとぼと、藤村の惜別の歌を口吟みながら歩いた。

〽別れといえば　昔より　この人の世の常なるを　流るる水を　眺むれば　夢はずかしき涙かな。

写真の中に写された人々の中には、あの時の私と同じことを考えながら歩いている人もいると思う。これを書いている今も、絶えず人々は行き交っていることだろう。幸せいっぱいの人、不幸で打ち拉がれている人。人はそれぞれの心を内に秘めて歩いている。

平成六年三月

JAL
JAL
JAL

人の心

私の親戚の仏教による葬儀の時、白人が焼香に来た。はて、どのようにするのかと観察していると、動作、拝礼は私達と全く同じであった。後で家の者に聞くと、カトリックの神父さんだと言う。そして、そのカトリック信者の家の者は死者はどのような宗教であっても、行く所は同じだと言った。

私は私の心の中に神がいると、学生の頃から私自身の宗教を持っていて、他の特定の宗教に帰依していない。それでも神社に行くと、二礼二拍一礼をし、お寺に行くと手を合わせて頭を下げる。

靖国神社には昔小学生の頃、田舎の山野で走ったり、ふざけたりした親友が四人いる。私はここに来る時、友の面影を思い浮かべるとともに、なぜか焼香をしている神父さんの姿を思い出す。

いかなる経緯があろうとも、国のために犠牲になった者がどこにいようと、その前で深々と頭を下げるのが人の心ではあるまいか。

平成六年五月

靖國神社

金の生る木

お金。〇〇副総理のような行動をとれば、お金は沢山入ってくるだろうし、その一部を頂戴できれば、私等にとって天文学的な預金となるだろう。

真面目であればある程、お金は溜まらないとある人は言う。子を育て、衣食住と税金にお金を払って普通の生活をしていては、全く溜まらないとその人は言った。

ある日、ある友人が私の耳元で言った。人生において、誰でも一度は金の生る木に出会うものであると。その人、その木に出会った時、金に追われて困ったと言っていた。

わたくし？　とんでもない。同じ地区の長老の先生が若い私に「ナガイクン、今から一生懸命ためなければだめだよ」と何度かおっしゃった。そのお言葉を胸に秘めて、働きに働いた結果は何も残らなかった。

あの友人の言った金の生る木にも注意深くしていたが、まだ私は出会っていない。ただいま私七十三歳、その木に出会うまで、まだまだ長生きするのかもしれない。楽しみである。

平成七年五月

宝くじ
グリーンジャンボ宝くじ
発売中
1億円
宝くじ
発売中

不信

ゴウオン、ゴウオン、ゴウオン……と音がする。快い音だ。音に乗せられて、魂がどこかへ連れて行かれそうな気分になる。天国へか、地獄へか。快ければどこへでもよいような気になる。危ない。音の中にマジックがあるのだ。

私はサリン事件以来、すべての宗教に対して、警戒するようになった。古い既成宗教でも、国教とも言える神道にすらである。

表はいい顔をしていても、国に保護され、宗教法人に保護されて、その陰に何かありそうな気がしてならない。どうも、宗教に、ヒゲモジャがオーバーラップしてくるのである。あの忌まわしい顔を私の頭の中から除去する方法はないものだろうか。

仕方がないから、今日も仏壇のローソクに火つけ、線香を焚く。ご先祖様に願いを込めて鐘をたたく。チイイイン……。いい音だ。何か心の中の隅々までに染み渡ってゆく。この音は真実であり、不信の有りようがない。

平成七年九月

過去

この案山子《かかし》、どのような顔をしているだろうか。私の顔、鏡でなく、他人の目で見ると全く思いがけない顔をしているのかもしれない。「あんたは、あまり苦労をしてないから」という言い出しからはじまって、ある人が私に意見がましいことを言ったことがある。

私は昼行灯とか、お公家さんなどと言われたことがあったので、余程ぼさっとした顔であろう。しかし、その裏に何があるか。かなり親しくしていても、他人の過去はわからないものである。

終戦直後、腎結核のため右側の腎臓を全摘。昭和五十年に胃潰瘍のため胃の四分の三をなくした。遡って、敗戦後、お米の姿を見なかったし、食うや食わずの時代もあった。六年前には長男が先立った。これだけひどい経験をして、なんで苦労が足りないのか。

私はその人の話を黙って聞いた。失礼な人だ思った。しかし他人に自分の過去を話してもつまらない。「そうですか」と頭を下げた。苦労が足りないなどと、誰も他人に言えるものではない。人は人それぞれに、色々の形で、色々の苦労を平等にしているものだ。他人にはそっとしておく思い遣りがほしい。

平成七年十一月

老人と座席

何年か前のある日の午後、上野駅始発の常磐線の車内で発車を待っていた。

「あんた何処まで」「あんた何処まで」と若い生徒さんの前に行って、聞きまわっている老婆がいた。座席は満席になっている。それ等の若者に席を替われと言っているようなものだ。可哀想に女子高生らしい子が立った。

「ありがとうよ」とその老婆は言ったが、こんな人にかぎって有難いとは思っていない。この線は始発だし、小まめに発車するから、もう少し早く来るか、後のにすれば良いのにと思う。

「あんな年寄りになりたくないね」と家内と話し合った。子供とはいえ、くたくたに疲れている者もいれば、熱を出したりしている者もいるかもしれない。

最近、二度ばかり、若い男性が席を替わってくれた。二人とも東南アジア系の外国人であった。一瞬（私も歳か）と淋しく思ったが、替わらないと相手の人もばつが悪かろうと思った。

私は、バスは老人席に座らない。私より歳上と思われる人が乗って来て、うらめしそうに私を見るからである。

平成十年二月

永井誠一と永井誠一

永井隆先生、昨夜、誠一（まこと）様とお会いすることが出来ました。写真向かって右がまこと様。昭和二四年に先生のお書きになった『この子を残して』を拝読し、強い感動をおぼえました。そこに、永井誠一（まこと）様の名前を見ました。私と漢字で全く同じなので、五〇年近くの間ずうっと気になっていました。

昨年十月、新宿での私の写真の個展を見に来られた方の仲介でお会い出来たのです。その席で『長崎の鐘はほほえむ』という本をいただきました。勿論まこと様の書かれたものです。それに「お父さんは、お母さんをなくした悲しみにじっと耐えて、お母さんのぶんまでもぼくたちのことを考えてくれているのを知って涙が出てきました」とありました。

ぴかっと光った瞬間から人生ががらりと変わりました。しかし誠一（まこと）様は時事通信社を勤めあげた立派な方でした。お子様の名は徳三郎さんというそうです。徳島支局にお勤めの時、お生まれになったお子さんに、徳島の徳、その地を流れる四国三郎（吉野川）から三郎をとったとおっしゃっておりました。もう立派な社会人です。
御子様は苦難を乗り越えて、それぞれの人生を築いています。ご安心下さい。
今日も明日もいつまでも長崎の鐘は鳴ります。

平成十年三月

註　永井隆先生は長崎医科大学の放射線科の教授で、被爆され、その時奥様を亡くされました。先生は病床にあって「この子を残して」のほか原爆に関する本を沢山書かれました。「長崎の鐘」を藤山一郎氏が歌い、映画にもなりました。

（左側が著者）

祈り

「看護婦の○○さんナースコールをお願いします」と枕元のスピーカーから、若い女性の声が時々流れる。いつも優しく耳に入った。

私の祖母も母も姉も優しかったし、昔を思い返してみても、私に棘を刺すような女性は誰も居ない。女性とは優しくて、真面目な人種であるとずっと思っていた。しかし、最近意外なことが次々におこる。夫を殺す女。友人を、集団で老人を殺す。そして最悪なことは子供まで殺すではないか。「あの声でトカゲ喰うかやホトトギス」という句を思い出した。偶像は落ちたのである。

男女入り乱れた殺人は今や日常茶飯事となった。これを無くして明るい社会の二十一世紀の日本を作るのにはどうしたら良いか。「どうすれば良いか」を念仏のように大勢で繰り返すだけでも良いと思う。その大合唱の中から美しい社会が生まれるような気がする。

祈りとは同じ言葉を繰り返すこと。そこから神が生まれる。これを宗教と言う。

平成十年八月

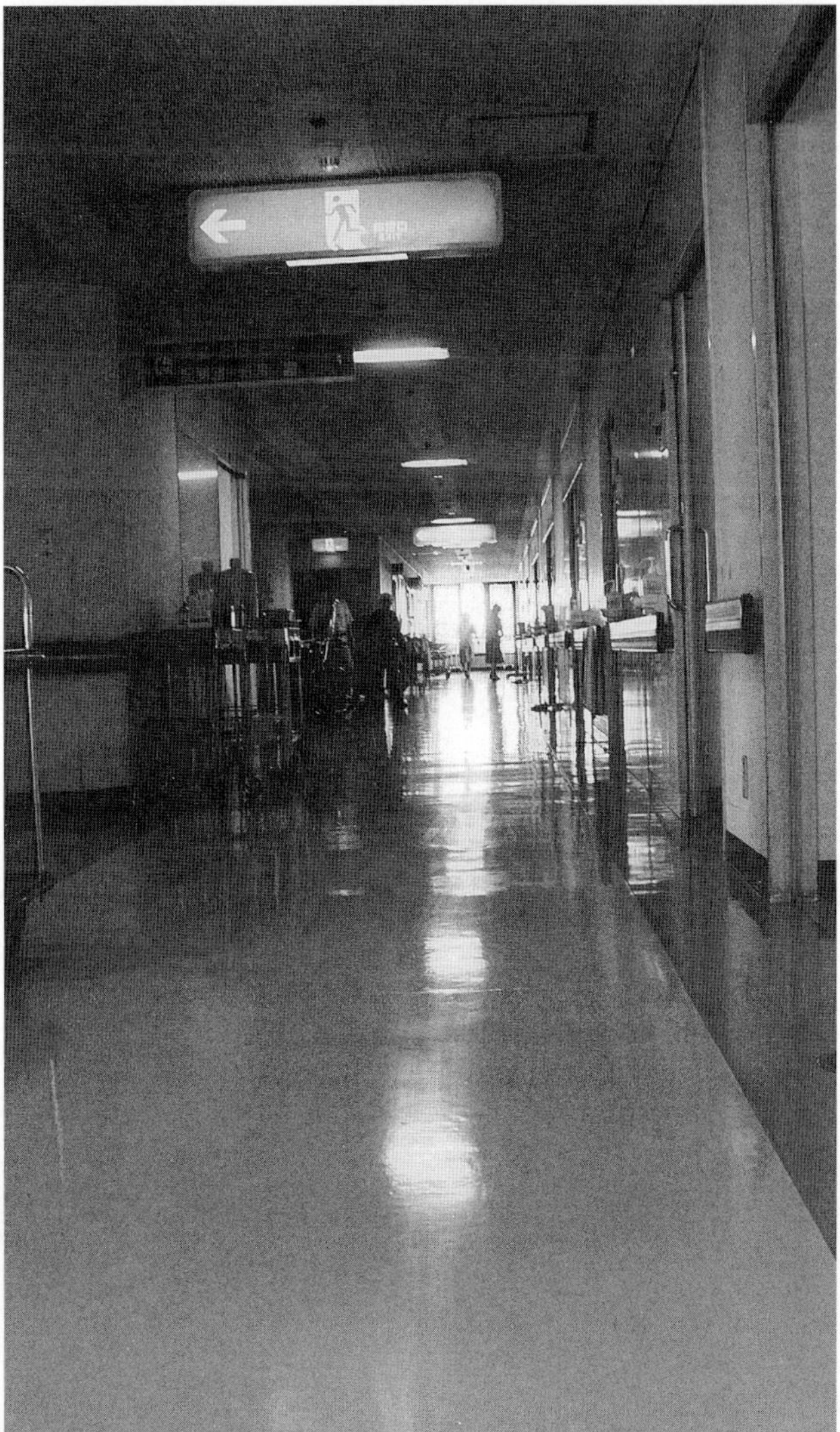

奇縁

終戦間もなく、私が医師になって、はじめてうけもった患者さん。その人はハイティーンの少年であった。東京の人だったが父親の勤務の関係で高知に来ていて、結核にかかったのであった。とても可愛い美少年で、清楚なお母さんがいつも付き添っていた。

人の世の流れは何処から何処へ行くか全くわからない。やがて彼は東京に帰り、私はやむを得ない事情で内科から眼科に転向、何年かたって横浜に出て来た。しかし、彼と私は不思議とつながり、何十年もの間、年賀状で結ばれていた。

三年前、私の属する写真展に彼を案内した。数十年たった彼は勿論熟年で昔と全く違っていたが、一目見て、あっ！　この人だと思った。

今年四月、知人につきあって思い掛けなくこの駅に降り立った。彼がこの高級住宅地に住んでいることは知っていた。彼の家はどの辺にあるのかなと思いながら知人の後について歩いた。

知人にこの店のコーヒーはおいしいよと、すすめられるままそこに入った。
そこに彼がコーヒーを前にして座っていたのである。
これって何？　奇縁のほか言葉が見つからない。

平成十二年六月

母とは何者か

〽ねんねんころりよ　おころりよ

田川寿美は二十五歳で、過去、NHK新人グランプリをとり、紅白に三回出場。もうベテランの域に達している。歌は本当にうまい、私はそのうまさに惚れて、ファンクラブに入った。

今年一月（ねんねんふるさと）として新曲をだした。私はそれを買いもとめ、その歌を聞いた時、涙がにじむのをおぼえた。自分の幼子の腹を踏んづけて殺した母、それと同じような殺人や、いじめのなんと多いことか。

私は孫を負んぶして、眠る迄ぶらぶらとゆっくり歩いたものだ。眠りついて、頭を背中に委ねられた時の感触はなんとも言えない。それは孫のゆえばかりではない。その子の母親もそのような時「本当にいとおしさを感じました」と言った。

鬼のような女性を母に持った幼子は本当に哀れである。その母は快楽のための結果としてのみの子供を産んだのか。

ＮＨＫの「生き物地球紀行」を見ると良い。良い子孫を残すために、涙ぐましいいきざまをしている。それを見ていると畜生という言葉は使えない。動物（人間以外）のレベルまで落ちてみては如何か。

平成十三年三月

彼岸花

今年もこの花、うちの裏の空き地に咲いた。十二年前、私の長男が死亡した年の彼岸から突然咲きはじめたのである。毎年彼岸の頃、ぐんぐん茎が伸び上がりいつの間にか咲いて、いつの間にかしぼんでしまった。

妻と「眞之（長男の名）が彼岸に現れるのかねえ」と話すが、誰も「うん」とは言ってくれない。そんな事はあり得ないと思うのが普通だろうが、私はそう思うことにしている。そして涙がにじんでくる。今頃涙しても仕方のないことだが、忘れられない事である。男だって涙が出るよ。

ところで、この花、球根から出るそうだが、それがどの様にして、この地に生じたのか不明である。時々小学生が入って来たりするところなので、この地の中に埋めてくれたものだろうか？　球根のことなど勉強するのは面倒なので、どなたか教えて下さらないかなと思っても、質問したこともない。根っからの無精者である。それに反して、長男は植物が大好きだった。親子でこんなに違うものかなあと、感心したのだが、私の母は植物大好き人間だったので、所謂隔世遺伝だろうか？

平成十三年十一月

蛍の光

菩提寺の住職さんが突然亡くなった。昭和六十二年五月であった。その当時、お寺の大黒さんから電話があり、

「駐車場を貸して下さい」

と言う。

「それは、都合のつく場所ならいくらでもお使いになって結構ですよ。でもどうしたのですか」

「実は住職が突然他界しまして、その法要のために使わしていただきたいのです」

「えっ！　本当ですか」

と私は言ったが、そんなこと冗談に言う筈はないと思いながら、その時の様子を色々と聞いた。

そのお寺は真宗である。初代の住職は長宗我部氏の家来であって、主家が滅亡した後、高知市大津舟戸（旧高知県長岡郡大津村舟戸）にお寺を建て、主家の冥福を祈っ

たという。私の田舎の家はそのお寺から歩いて一、二分の所にある。

急に患者を放って田舎に帰るわけにもゆかず、次の土曜日、午前中の仕事を終えて羽田に向かった。田舎の家に着いた時は、もうとっぷりと暮れていた。その足で菩提寺を訪れた。

そのお寺の近くまで行くと、何か小さな光がついて、すうっと消えた。あれ？　蛍かな？　と思いながら次第に近づくと、お寺の前にそった細長い溝の中で、ぴかっ、ぴかっと光っている。

「蛍だよ」

と私は妻に向かって言った。

「ほんと、でも、時期、少し早すぎはしません？」

「そうだねえ、不思議だねえ」

と話し合っている時、何時の間にか若い婦人がそばに来ていた。ホタルと小さい声で呟くと、

「やっちゃん、早く来て、蛍よ！」

と大きい声で言った。小学校低学年らしい女の子が走ってきた。

「ほんとホタルだあ！　きれい！」

と言い、母らしい若い女性に寄りかかった。

「でもこの時期に蛍とは早いんじゃないですか」

とその女性は独言のように言った。


「遅くなりました。夜分で失礼ですが、拝まして下さい」

と大黒さんに断って、仏壇の前にすわった。

「遠いですし、お忙しいと思いまして、すぐにはお知らせいたしませんでした」

と大黒さんが言った。

「いやあ、驚きましたよ、住職さんが急に亡くなられたと知った時は。まだまだお若いですのにねえ」

　このお寺の代々の住職さんは昔、ニコニコ顔であった。私が幼い頃の住職さんは経師の名人。次の住職さんは私の義兄と中学校が一緒だった。私より大分年上だったが、幼い頃よく遊んでもらった。しかし、何歳だったかまだ早すぎる歳で、所謂ぽっくり病のように亡くなった。その長男が後を継いで住職となった。住職は若かったが、住職として申し分のない方であったのに、初老になる前に循環器病で急逝してしまったのである。

「奥さん、お寺の前の溝に蛍が光っていましたよ」

と私が言うと、大黒さんは優しいお顔になって、

「ああ、あの溝は住職が大事にしていました。あの溝には蛍の卵がいるから、乱暴に掃除をしては駄目だよと、何時も言っていました。優しい人でした」

と言って顔を伏せた。昔日の思い出が迫ってきて、涙が込み上げてきた様子であった。

「蛍の季節にはまだ早いのに、おそらく、優しい住職さんの死を悲しんで蛍が懸命に光っているのですよ」

私はそう解釈せざるを得ないと思った。

帰る時、もう一度と思い、溝を覗いてみた。

「あれ？　もう居ないよ！　光がないよ」

と私は妻に呼びかけた。二人でしばらく溝に添って見てみた。

光は何処にも無かった。

「ご住職さんの魂みたい」

と妻がぽつんと言った。

それから五年たった。ずうっと住職不在であった。檀家の法要は、大黒さんがお坊さんの資格を持っていたので、一人で頑張りに頑張ってこなし、本当に御苦労をなさった。尼寺ではないので、どうしても男性の住職さんを捜さなければならなかった。私の知っている限りでは、二人の候補者が現れたが、一人は向こうさんの都合と合わず、もう一人はこちらの条件と合わなかった。

私達も先祖を祭ってもらう大切なお寺であるので、人事ではなく、やきもきしていた。

ある夏、お盆に帰省した。

「実は永井さん、やっとうちの養子が出来ました。近くのお寺さんの息子さんで、中一ですが、もうお坊さんの資格をとりました」

と大黒さんからお話があった。

私の家は少し小高い所にあり、月極駐車場を隔てて道路が見える。私は何気なく外に出た時、左の方から墨染めの衣を着た中年の女性と、背は高いがおぼこい顔をした男の子の二人連れが来た。勿論、菩提寺の大黒さんと御養子さんの二人である。

大黒さんは如何にも楽しそうな幸福そうな顔をしている。大黒さんには子供が無い。初めて子供を持った様な幸せを抱いているようである。私はジーンとして、涙が出そうな感じであった。声も掛けず、右の方に隠れてしまうまで見送っていた。

横浜の街角から

空想

御存知、鶴見総持寺の参道である。落葉のようなものが点在しているが、実は門の中の夕日に輝いているのは若葉である。

三脚を立てて色々と撮影してみた。この道、この時間は人通りが多い。特に女子高校生位の賑やかなのが通る。その中には「写してちょうだい」などとふざけて、カメラの前に来るオキャンな娘さんもいた。一瞬人通りの途絶えた写真がこれである。

私はこの写真を眺めながら空想の中で、色々の人を通してみたい。お坊さんか、佳人か、いや、私が六十年余の間に出会った様々な人々がよい。太陽系にただ一つしかないと言われる動物のいる星、地球。そこに住む一握りの人々であっても、淋しがり屋の私に寄り添ってくれた人々。あいつもいる、こいつもいる。

門の中から何か聞こえてくる。それは読経ではない。人々を讃える大コーラスが幽かに、そして次第に大きく大きく響いてくる。

昭和六十一年五月

汽笛

やっと聞きとれる程度ではあるが、船の汽笛の音がした。「あら、雨になるかしら」と妻が言う。我が家では汽笛が聞こえると天気が悪くなるということになっている。

船の汽笛、それは私にとって望郷の念をくすぐるものである。汽車のない最果ての県で育った私は、幼い頃沿岸を行く汽船をよく利用した。

港町横浜の一隅、鶴見区にお世話になりだしてからもう三十五年以上たってしまった。その間、郷里に残した父も母も他界してしまい、今はたまに墓参りに帰る程度となった。しかし、折りにつけふと幼い頃遊んだ田舎の風景が頭に浮かび、明日にでも帰省したい気持になることは度々である。

妻も私同様最果ての地の出身である。私と違いやや山地に入った所の出であるが、それでも沿岸を行く汽船の思い出はある。

汽笛を二人が聞き、二人の心がその音を中にしてそれぞれの郷里を思う。望郷の波紋はひとしきり私達の心をゆすって消えてゆく。

平成四年四月

次の瞬間

スクイズ。ピッチャーがボールを取ろうとしている。キャッチャーはボールの来るのをホーム上でブロックする形で待っている。ランナーはホーム寸前で滑り込もうとしている。アンパイアは判定を見極める姿勢である。観客は静かである。

次の瞬間、アンパイアは両手を左右に大きく開き「セーフ！」キャッチャーがタッチする前にランナーの足が素早くホームベースに入った。観客席から喚声が上がった。私も大声をあげ、拍手をした。

一年に一回か二回の野球見物である。それだからこそ楽しいのである。この夜も野球を堪能して帰路についた。

楽しく野球見物できるなど、戦時中を思うと全く国は平和である。私の周辺も今は穏やかである。しかし、次の瞬間はわからない。世の中一寸先は闇と言う。でもそれはどうしようもない事、今を真面目に生きるしかない。

平成四年七月

FINANCIAL QUICK INFORMATION
ペリカン便 日本通運
JAL 日本航空
オービック

命と共に

人生は全く綱渡りである。あっちにふらり、こっちにふらり、転げそうになるのを一生懸命バランスをとって、何とかここまでやってきた。幾度か地獄も見た。

私が横浜で生活を始めてから、かれこれ四十年たった。その間、市の様変わりは着々と進んでいる。この日本一というノッポビルもいつの間にか出来上がった。私の家の窓からも見られるが、今日は思い切って桜木町まで足を運んだ。

あと五十年たったら、どのように変わるだろうかと、命への貪欲がふと心の中に出てきた。したい事はもうしたし、いつ死んでもかまわないと言いながら、つい世の行く末を見たくなる。

これから先、何年綱渡りをしていくだろうか。ふらりふらりと危うい生活であっても、それは長生き税というもの、我慢して歩かなければならない。嵐の日も雨の日もあれば、晴れる日もあるだろう。

平成六年四月

ショック

歳をとって、診療時間を短縮してやっているせいか、年々患者数が減っている。それでもどうしたことか、遠方から私に診てもらいに来る方がぼつぼついる。他の眼科が休診日でもないのに、どうしたことかと思うが、私はその理由を聞いたことがない。来られた方にできるだけの事をしてあげるだけである。

某月某日、女性の声で私の所を聞いてきた。その電話を受けた従業員が場所を教えたが、かなりたってから又電話があった。近くまで来たが、はっきりしないので交番に行ったらしい。「〇〇交番だが、永井眼科はどこかね」と警察官、「〇〇交番と同じ通りを鶴見方面に、歩いて一分もかからない所です」と答えると、「ええ！」と言ったとか。私が今の場所に移転してから十五年以上。近所にその交番ができてからもう二年位たつ。勤務する警察官も同じ人だという。いくら私の所が有名でないにしても、地域を守って下さる交番が、歩いて一分もかからない私の所を知らないとはショックであった。交番ができた時、挨拶に行かなかったせいかもしれない。

平成六年七月

パパ今日も 安全スピード 守ってね
新入学(園)児を交通事故から守ろう
春の全国交通安全運動実施中
神奈川県・市区町村
神奈川県警察

あゝ自動改札機

春は眠い。いや、今の電車は冬暖かく、夏は涼しく、つい、うとうとと眠る。

ぐっすり寝込むことも珍しくはない。パーセンテージは定かではないが、目的駅でドアが閉まった瞬間に目覚めて、しまったと思うことも多く、下車予定駅から随分遠くまで行ってしまうこともある。

何はともあれ、目的駅まで戻らなければならない。私は気が小さいものだから、下車する時、どうしようかと悩む。上下一緒のホームから出る時は良いが、上りの切符を持っていて、下りのホームから出るのはちょっと困る。身を細くして「乗り越して帰って来たのですが、どうしたら良いでしょうか」などと駅員さんの顔色を伺う。

その点、この自動改札機は素晴らしい。乗車駅から目的駅までの料金が正しければ、反対方向からでも切符を入れると、カシャッとやさしい音がして無事通過出来る。本当に有難い機械である。

居眠りを大いにするがよい。しかし、側の人に寄り掛かるなど無様で、人に迷惑をかけるようではいけない。姿勢正しく眠るべきである。

平成八年四月

家庭の階級格差

これは跨線橋である。京浜急行の生麦駅から岸谷に渡るために造られたものである。この下を東海道線、京浜東北線、横須賀線が走っている。昼間はゆっくり歩けるが、朝、電車が着くと、女子高校生が大勢群れをなしてこちらに向って来る。駅に向う私などは、小さくなって左側を歩く。しかし、友達同士話に夢中になって、塊となって押し寄せて来るものだから、腕や肩に何かがぶつつかる事が度々ある。その時、あっとか、うっとか、反応を示す者はめったにない。「痛い！」とか「うっ！」とか、大声を私は出せない。このオカチメンコが、大根足めがと心の中で叫ぶ。

昔とちがい、今は猫も杓子も進学するようになった。質が落ちたとは言いたくないが、躾が悪い家庭が多くなったのだと私は思う。ぶつかって平気な子の親の顔を見たい。特に母親を見たい。

人間の階級はあってはならない。しかし、躾をするか、しないかの家庭の階級格差が無いようにしなくてはなるまい。

平成九年二月

花火

夜空に花火が消えました。あなたはそれを見た時、美しい思いましたか、悲しいと思いましたか、淋しいと思いましたか。

私も随分昔から時々花火を見ています。いつも誰かと一緒でした。あの時は誰と一緒だったかなあ。……うんと昔は家内と一緒でした。それから少したって、子供と一緒でした。そして、もっとたって、孫が一緒でした。

その孫も、一番上がもう二十三歳になりました。「一緒に花火見に行こうよ」と言ったって、ウッフッフと笑うのが落ちでしょう。もう彼女が居るのですから。どこの家にもよくある話です。

平成八年の夏の夜、ドン、ドン、ドン、ドンと音がしていました。音は大きくても、いつも、うちからは見えないのです。ところが今年は「あら花火が見えるわ」と家内が明るい声を出しました。

屋上に上って家内と二人で花火を見ました。とても美しい花火でした。

平成九年七月

第二の古里

この写真は平成十年、プロ野球日本シリーズ第二戦の朝写したものである。対西武戦であった。第一戦は横浜の勝ち、この日の第二戦で連勝。一日おいて西武球場で三、四戦西武が連勝。第五戦は横浜の勝ち。又一日おいて横浜に帰り、第六戦で横浜が勝って、四勝二敗で横浜が日本一となった。

このシリーズの横浜の応援はブラウン管が破れそうだった。私も肩に力を入れてテレビを見た。横浜に点が入ると力一杯拍手をし、佐々木が最後ゲッツーをとった時万歳をした。横浜で四十五年も生活した私は醒めた心では居られなかった。いつの間にか横浜の人間になっていたのである。

ずうっと生麦地区の人達は暖かく私達の家族に接してくれた。開業中もそうであったが引退してからもそれが感じられる。散歩しているとよく昔の患者さんに会う。その人達の表情からもそのことが良くわかる。

突然、癌が発見され、早々に廃業した時、「永井は無責任だ」と言った人が居たとか。

それは多分余所者で、地元の人とは思えない。
さあ。今年のペナントレースどうなる。
今年は？　勿論勝つ。永久に……。それは無理か！

平成十一年六月

あの馬は？（根岸の元競馬場にて）

私は馬に乗ったことが一度だけあります。

もう六十年近く前になりますが、第二次大戦のはじめ頃のことでした。姉の主人である義兄が出征のため私の家に馬を預けて行ったのです。義兄は学生の頃から馬術をやっていました。その馬は良く訓練されており、おとなしく、少し馬術の心得のある人の言うことは良く聞きました。私も一度馬の背に上がってみたいと思い、弟や友人に担ぎ上げてもらい、背中に跨がってびっくりしました。「うわっ！　高い」思わず声がでました。（おっこったら、いちころだ）と思ったら、体がぶるっと震えました。それを知ったのか、馬は四つの脚をぴたりと地につけたまま微動だにしません。つまり馬になめられたのです。私も悔しいからおっかなびっくり手綱を引いたり、ゆるめたり、両足で腹を叩いたりしましたが駄目でした。

間もなくその馬は軍隊に徴集され、大陸の方に輸送されたとのことです。

私の頭の中で、夕景の大地に立つその馬の姿が時々浮かび上がって来ます。おそらく無事に日本の地には帰れなかったことでしょう。

平成十一年十月

七十八歳の春

(二四二)〇〇一一とダイヤルした。「はい」——あまり品の良くない中年らしい女性の声がした。「Kさんですか」「ちがいます」「間違いないように押したつもりですが」「何番にかけてるの」「(二四二)〇〇一一です」「番号は合ってるけど、うちはKではないわ」「すみません」と言って電話を切った。とたんに、私ははっ！と思った。なんとこの番号はKさん所の郵便番号ではないか。

山下公園を若い白人女性が走って行く。私にもこのように溌剌とした青春があった。でも歳のことも考えて、走らないことにしている。しかし、先日、横浜駅の京浜急行のホームに上がったら、品川行の各駅停車が時間待ちをしていた。思わずつい走り、電車に飛び乗るようにジャンプした。頭で思うように足は動かなかった。車輌の入口で足を踏み外し、向脛をしたたか打って、車輌の中へ俯しに倒れた。痛いこと最高、恥ずかしいこと極限であった。

ところで、郵便番号と同じ電話番号は何軒あるだろうか。(二三〇)〇〇七八にかけてみたいなあと悪戯心がふと起きた。
くわばらくわばら、なんとかはなんとかの始まりと言うではないか。
平成十二年五月

ベリマッチ

ある日、私は横浜市営バス26系統の横浜行きに港湾病院前から乗った。最後部の座席が全部空いていたので、そこに向かってダッダッダッと少し早めに歩いてどかっと座った。続いて私のあとに並んで座ったので、見ると白人の男女である。年の頃……三十くらいの美男美女である。夫婦？ 恋仲？ あまり見ていて話しかけられると面倒だと思い、窓の外に目を遣った。

その白人の男性が「あの」と言ったらしい。イクスキュウズミイと言わなかったので日本語いけるかなと思っていたら、小さい紙切れを出し、べらべらと英語で話す。見るとJRの図らしい、線が引いてあって、細かいローマ字がぎっしり印刷されている。細かすぎて私には読めない。「新宿」と言う声がした。「あ！ 品川、チェンジ、山の手ライン、新宿」と言うと「サンキュウ」と言ったあと、連れの女性にべらべら英語でしゃべっている。その中に品川、チェインジ、山の手ライン、新宿という言葉を聞いて、ああ大丈夫と思った。ところが、その外国人の後から降りた私は、前を見てびっくりした。ルミネの二階の方に上がっているではないか。私はあわてて大きく拍手を打って呼び戻し、地下を指差し、おりて右の方へと示すと「サンキュウベリマッチ」と言った。「ベリマッチ」と。

平成十三年六月

白線と自動車

歩道のない道路で、白線の外は歩行専用の所と思っていたのは間違いだったのか。杖をついて歩いている前に、自動車が迫ってきて、ピッピッピーと警笛を鳴らす。早くドケッと言っているのだ。見ると女性ドライバーである。全く見知らぬオンナだ。にらみつけたが、サングラスごしでは効き目がない。オンナでも、今日日、年寄りの男など殴り倒されるかもしれないので、出来るだけ早く通り過ぎた。後ろを振り返って見るとはたして迷惑駐車をした。

駐車禁止区域なので、捕まると罰金一万五千円だそうだ。警察も手一杯らしく時々しか来ない。

そのオンナ、三十前後、私の孫くらいだ。良くないお里で育ったのか。車ばかりではない。駐輪禁止と書いてあるその上に自転車を停める男の子がいる。字が読めないのか。先だって、とびっくり驚いたのは池の中に「お魚を釣ってはいけません」と書いた立て札の真ん前でゆうゆうと釣りをしている若い男性を見たことがある。ああ。

平成十四年五月

女肌春之回想

私は日頃、バスの老人席には腰掛けない事にしている。それは途中から乗って来た年寄りが、私の顔を見て悲しそうな顔をするからである。私は八十代になったが、どの老人を見ても私より年寄りに見える。多分それは私のうぬぼれであろう。

桜咲く頃のある日、八系統バスは始発から何時になく混んでいた。私は何気なく空席あとひとつの老人席にすわってしまった。いけないと思ったが、そのままでいた。ああ、今日も途中から、よぼよぼの婆さんが乗って来たのである。その老婆のすぐ前の老人席の若い女は知らんぷり。私はしょうことなく老婆を手招きした。「まあいいや、県庁前あたりで空くだろう」と思いながら席を譲り、反対側の吊革にぶらさがった。

思った通り降りる客が多く、私の前の席も空いたので、「やれやれ」と座った。私は発車オーライと小さく呟いた。その時、お腹に帯をした女の人が目の前に立っていた。帯は少しピンクがかっているかな、いや、肌色なのだ、やっ？　落ち着け、これは人間の肌だ。白内障のかかった私の目にはやっとわかったのである。

その帯状に見える所の上がシャツで下がパンツか、パンツは女性の下半身のラインを出している。いやらしいと言うなかれ、八十のじっちゃんでも気にかかるわい。永平寺で、ミニスカートは良いが、タンパンはいけないと、お坊さんが言ったとか。なるほど（さもありなん）である。

私はどうも肌の方が気になる。しかし、あまり見ていると、セクハラと言われそうだ。おそるおそる上目づかいに上を見た。女性はバスが走り去る窓の外に気をとられているようだ。

この肌は巾三センチ、いや四センチ？　お臍はこの上にあるのか下にあるのか、どうも上らしい。

昭和二十四年頃、肺結核患者がかなり多かった。その治療の方法の一つに気胸治療法があった。胸膜内に人工的に空気を送り、肺結核の病巣を圧迫して治療するのである。

若い頃、勤めていた病院では、結核の軽い場合、外来の一室で気胸をやっていた。

春の雨の降る日、ベッドに横たわった若い女性の胸に針を刺した。美しい肌であった。

そうだ、あの時の肌に目の前の肌の色が似ている。五十年以上も前のことを鮮明に覚えているのも不思議である。恋愛感情は全くなかったが、よほど好みの色なのだろう。

春の雨の日、乙女の胸に針を刺す、か……。

「次は港湾病院です」のアナウンスに、はっとしてチャイムを押した。今日も癌の状態はどうか調べられるのだ。

私はとぼとぼと歩いて行った。

あとがき

お公家さんとか昼行灯のあだなを頂いた私ですが、何事もスローでマイペースで人生を送って参りました。

文中に出ていますが、闘病はときにすざましかったですが、運良く乗り越えて、満八十も過ぎていきました。

一丁前のことを言う家内が「あなたの文章、最近、切れが悪くなりましたよ」と言うのです。切れが良かろうが悪かろうが、満八十を過ぎてから、執筆意欲がますます湧いてきまして、殆どの日、朝から晩までワープロのキイを叩いております。

ソバもウドンもノビますよ、早くいらっしゃいと言いますが、私にはその意味がわかりません。私はノビても美味しく食べられるのです。そんな人いませんかしら、沢山いたら私の文章、たくさん読んでもらえそう。

出版部の伊藤伸様、編集部の伊勢田陽一様、大変お世話になりました。そのほかまだまだお世話になった方々にも厚く御礼申しあげます。

平成十四年九月吉日　　　　　　　　永井誠一

〔初出〕

鶴見区医師会月報（横浜市）

ゆきずりの人・仏の居る所・屋根と女・壺坂霊験記・山の花・曽我の梅・感動・陶酔・凍結・鳴立庵・温かい血・シクラメンの花・月の砂漠・医者の旅行・米・雪の降る町・栄枯盛衰・天皇陛下・車窓にて・百六十円・鹿耳東風・天然の美・ハワイの空の下で・他力本願・尊敬する年長者・若桜・日向の匂・白衣と人生・街の灯・学校の思い出・時は流れて・レールの彼方に・一滴の清水・消灯ラッパ・入れ歯が消えた・入れ歯の行方・橋・天井・病棟の廊下にて・傘の上の落葉・消えたお社・県外へ・浜辺にて・ハチ公の前にて・古里・叱られて・若者よ・加枝・望郷・梅雨の頃・暖かい日々・電車・ある青春の光景・雪解け・彼の世・冬の花・ジンタ・点と線の上にて・百人百様・嗜好と命・天国と地獄・馬鹿は俺だけじゃなかった・結婚・縁起・医師の定年・喪中につき・行き交う人々・人の心・金の生る木・不信・過去・老人と座席・祈り・奇縁・永井誠一と永井誠一・母とは何者か・彼岸花・空想・汽笛・次の瞬間・命と共に・花火・ショック・ああ自動改札機・家庭の階級格差・第二の古里・あの馬は？（根岸の元競馬場にて）・七十八歳の春・ベリマッチ・白線と自動車

ぱんぽん（日立製作所、文芸誌）

プーデル―我が闘病の記―

足摺岬（回顧）

神奈川県医師会・随筆集
蛍の光
聖教新聞
日本の砂丘

著者プロフィール

永井　誠一（ながい　せいいち）

大正11年　高知県生まれ。高知市立大津小学校、高知県立城東中学校卒業。
日本医科大学卒。横浜市鶴見区医師会所属。

〈著書〉
『医師の人権・患者の人権』荒井保男編著　分担執筆　昭和47年（青村出版社）
『ひとしづくの命』昭和57年（晶度社）

〈写真歴〉
1985年　二科会　写真部会員鈴木良策先生に師事、今日にいたる。
主な個展
　1997年10月17日～30日
　ペンタックスフォーラム（西新宿・三井ビル１F）
　風の形・水の形（波・渚・砂丘）写真展
　2001年7月18日～30日
　朝日新聞東京本社・コンコースロビーにて　波・写真展
　二科展写真部・本展・入選11回
　写真集『風の形・水の形――波・渚・砂丘』
　1998年5月27日　発行

昼行灯のあかり――横浜の街角から

2002年11月15日　初版第１刷発行

著　者　永井 誠一
発行者　瓜谷 綱延
発行所　株式会社文芸社
〒160-0022　東京都新宿区新宿1－10－1
電話　03-5369-3060（編集）
03-5369-2299（販売）
振替　00190-8-728265

印刷所　株式会社ユニックス

ISBN4-8355-4646-6 C0095